美夢販賣機

The Dreams Vending Machine

II

S.U.
著

目錄

序

假作真時真亦假；無為有處有還無。

——曹雪芹《紅樓夢》

「利用真實的記憶，換取虛幻的夢境，你想要嗎？」

當真實形同虛設，當夢境能以真亂假，真真假假還重要嗎？

在真實的世界完不了的夢，那就在假的幻想完成，這樣不好嗎？人生本就是一場夢，哪個瞬間是真實、哪個片刻是虛假，不重要吧？反正這一切最終都會過去，過程中能享受快樂是不是就足夠了？

所謂的夢想也是一場夢吧，那在夢中實現也可以吧。每個人都可以有夢想，夢想無分大小，任何人都有資格擁有屬於他那獨一無二的夢想。只是擁有夢想並不等於能實現夢想，而夢想最初只是一場夢，是不切實際的想法，那麼既然從一開始就知道是場夢，那能不能成真，又何必要如此執著呢？

「夢想是甚麼？」每個人都有不一樣的定義，有的人夢想是飛黃騰達，有的人夢想是名成利就，也有人渴望一生平凡安穩過個簡單的人生。無論是甚麼夢想也好，都有著它自身的意義。夢想成真是從小就常聽說的字，如此簡單的四個字，卻又讓多少人窮盡一生都在追逐，一直渴望能實現，卻一輩子都沒法實現呢？

這一場虛無飄渺的夢又為人們帶來多少種不同的可能呢？有的人為了實現夢想一生都在拼搏，有的人為了達到最終的目的不擇手段。原本看似夢幻的褒義詞，卻走向了相反的局面。夢想是虛幻的，所以能讓虛幻的成真才變得分外珍貴，才容易使人醉心於虛設中。

但如果夢最終還是沒法成真，卻有著能以假亂真的方法，你又會願意走這條自欺欺人的路來安撫那永遠沒法撫平的心嗎？

「即使夢境終究只是一場夢，但你也想要吧？」

那是一個在人們口中流傳的程式，但它是否真實存在就不知真偽了。

【利用人們的記憶來換取一場美夢的程式。】

據說那程式只會在晚上出現，有著一個粉紅色的圖示，看起來像女生都喜歡用的少女程式。

第一次打開程式就會自動彈出它的教學界面。

滑動一下圖片就簡單說明了三個部分。

在第一頁寫明了整個交換的程序：

「第一步：選擇想要購買的夢境

第二步：選擇販賣的記憶日期

第三步：確認無誤

＊一旦確認訂單，則視為交易完成，

已販賣之記憶任何情況下將不獲退回。」

第二頁有一些夢境選擇的例子：

「請選擇你想要購買的夢境類型」

中六合彩、幸災樂禍、與暗戀對象談戀愛、遇見偶像、擁有魔法等等，

還有一些是需要解鎖才能選擇的。

第三頁選擇想要出售的記憶日期：

「請選擇你想要販賣的記憶日期」

一個日曆可供選擇任何日子，

由出生到打開程式那一天。

還有時間，時、分、秒，也可以選擇。

最後是再一頁是確認整個訂單資訊：

「請確認你的訂單

選購的夢境類型：XXXXXX

販賣的記憶日期：X年X月X日X時X分X秒

＊請於按下確認後盡快入睡，

如未能於二十四小時內入睡，

當天將不會出現美夢，而已販賣的記憶將不獲退回。」

只要按照程式的指引後入睡，就會獲得一個如同確實發生過的夢境。

而在這場夢中醒來後，更會把想要忘記的記憶忘得一乾二淨，

這就是關於那個神秘的程式。

它的名字是——「美夢販賣機」。

「從一開始，這一切就是一場夢。」

CHAPTER 5

第五章

起點

眼前是一望無際、白茫茫的雪地，空中飄散著微微的白點。

「這裡是哪裡？」我沒有說出口，只是內心這樣想著。

「這裡是你居住的地方喔。」不知從哪裡傳過來的聲音，聽著是小孩子。

「孩子，你在開玩笑嗎？我住的地方才不會下雪。」我四處觀看，想找出聲音的來源。

「對吧，怎會下雪呢？那你又為何要這樣渴望呢？明明知道是不可能的事情，你為何又要這樣強求呢？」孩子的回應帶著嘲諷。

「你是誰？你到底在哪？」我稍為惱羞成怒，大聲吼叫。

「我？你不知道嗎？」聲音彷彿是真的天真無知地反問。

「你出來啊！」我看著這雪白的光景叫喊。

「我沒有躲起來，我一直都在。」

「我一直都在……」

「我一直都在……」

孩子的聲音不知從哪裡傳來，帶著回音不斷重複著。

我四處奔跑，想找出那聲音的來源。

「你……你到底是誰？我又在哪裡……？」

我跪在這白茫茫的雪地中沒有感到寒冷，反而感覺到一絲和暖。

「我是誰呢？你真的不知道嗎？」

「我不就是你嗎？」

「這裡不是你很想要的夢嗎？」

「我是你……」

「你是我……」

「這是夢……」

「這是你想要的夢……」

「這是我們的夢……」

孩子的聲音不停在我耳邊迴盪……

「那麼，我又是誰……？」

「起床吶！還不起來就要遲到了啊！」雖然臉上略帶滄桑，但外表看起來年輕得像姐姐的母親把在床上熟睡的孩子叫醒。

「嗚……可以不上學嗎……」孩子不願張開雙眼，繼續賴在床上。

「不上學？是想長大當乞丐，睡在天橋底嗎？」像是每天都會說的話一樣，用唸急口令般的語速說出。

這是一個普通不過的家庭日常，一個小學二年級的孩子，每一個不願起來上學的早上。

在上學的路上，孩子在坐巴士上興高采烈的跟媽媽聊天。

「媽媽，我昨晚做了一個很有趣的夢。」

「嗯？又夢到甚麼了啊？」

「我呢！我呢！我夢到呢！」

「夢到甚麼了？」

「就是那個啊！雲啊！好多的雲啊！」

「是喔。」

「然後呢！然後呢！原來雲是棉花糖做的！超甜的！好好吃啊！」
「那你有沒有吃飽啊？」
「有啊有啊！吃得很飽，你看肚子還漲起來了。」

媽媽笑了笑，靜靜地聽著孩子一臉天真無邪地說著那最真實的夢話。

「媽媽呢？媽媽有做甚麼夢嗎？」
「有啊，媽媽夢到你努力唸書、科科一百分。」
「又是這個夢嗎？為甚麼媽媽你每天都是這些夢啊……就沒有其他了嗎？」
「沒有其他，其他夢睡醒就忘記了。」
「怎麼會忘了啊！做夢這麼快樂！我每天都要把它們記住！」
「讀書又不見你記得那麼清楚啊。」
「可是我上星期默書就有得到一百分。」
「好的好的，你最棒了。」

孩子從媽媽手上接過書包，媽媽幫他把書包背起來。

「真是搞不懂，為甚麼小學生的書包要這麼重。」媽媽語重心長地邊說邊把那像千斤重的背包托付給孩子。

「因為要好好唸書，出人頭地，不是嗎？」孩子回贈了一個最純真的笑容和最無心的說話。

「再見，媽媽。」孩子揮了一下手，背著看起來比他更大的書包笨重地往小學跑進去。

「一眨眼就這麼大了。」望著孩子遠去的背影，她微笑著，那微微彎曲的眼睛就像那新月似的。

「孩子就是這樣，也不知道身後有人在念掛著，只知道一直的向前衝，年輕的時候我們也是這樣嗎？」旁邊的校工阿姨向孩子的媽媽搭話。

「你看起來很年輕呢，是姐姐嗎？」校工阿姨這樣問道。

「很多人都這樣說，是我的孩子呢。」她帶點肯定的語氣與禮貌的笑容回應。

「這麼年輕，不容易吧。」

「是呢。」

她看著天空，時間是早上八時，陽光不太刺眼，是個天朗氣清的早上。

那時候這個年輕的母親是這樣想的，不容易也沒關係、再辛苦一點也沒關係，別人再怎麼想都沒關係，孩子過得好就夠、孩子能健康成長就夠、孩子能跟其他人一樣平凡的活著就夠，我能陪伴著他直至他能長大成人就夠。這是一個年輕母親的小小心願。

這條路是我選擇的，我會負責一直走到最後。

少年在靈堂放下花束，雙方合十似在許願般的跟牌位說話。

沒關係的，在那個世界過得比較快樂的話就可以了，我在這裡也會好好的。

你記得嗎？你那天說了，不可能有一個地方能讓每個人都幸福快樂，如果真的有，你想那個地方叫作極樂世界。那麼你現在到達了嗎？那個只有快樂的世界，你過得快樂嗎？

我不相信神，可是此刻我卻真的希望有那樣一個世界存在，因為我真的希望你過得好。

原諒我真的很沒用，是個不孝子。

我只是希望你們能到達一個只有快樂沒有煩惱的世界。

「怎麼了？」少年推開房門看見眼前一具吊著頸、懸空在面前、蒼白的男性屍體。

「爸！」少年立刻衝上前想把男性屍體抱下來。

可是少年這才看見在屍體後面，有一隻手在被染滿血跡的被子下露出。

少年慢慢走過去，緩緩地把被子拉開。

在床上的女人身體被刺出一個又一個的洞口，就像是一個會流血的蜂巢，頸上還插著那一把彎曲了的菜刀。

少年崩潰了的抱著床上的屍體叫喊，流下來的淚水與那未乾的血液混在一起，也分不清那些是淚還是血……

在家中的客廳中央，一對母子正在做功課。

「我的志願？媽媽小時候也做過這樣題目的作文呢。」

「是嗎？那媽媽小時候的志願是甚麼啊？」

「不記得了，那麼久以前的事。」

「又不記得，為甚麼媽媽你老是甚麼都不記得啊。」

「因為生了你啊。」

「這也有關係嗎？」

「對啊，把腦袋都給你了，變笨了，東西就記不住了。」

「這樣啊……那媽媽你現在有想要做的事嗎？我幫你記住，不然你又忘記了。」

媽媽笑了笑說。

「有啊，想你科科考一百分。」

「怎麼又是這個？不對啊，這不就變成了我的志願嗎？」

「哎喲？你志願是科科考一百分這麼乖嗎？」

「不是啊！不要啊！我才不要把志願浪費在考一百分啊！」

「是志願，又不是許願，哪有甚麼浪不浪費的。」

孩子嘟起了可愛的小嘴盯著媽媽。

「好喇，那你說說，你的志願是甚麼？」

「我的志願是夢想成真！」

「啊？孩子啊，志願呢，是一些你將來想做的事，然後以後再把它做到。所以夢想成真，是說你將來做到你今天的志願，不能當做志願的啊。」

「對啊！所以我要夢想成真！」

「可是你要先有一個夢想喔。」

「就是夢裡想的啊。」

「那你夢裡想的是甚麼？」

「就是甚麼都有、甚麼都不缺，一個很開心、很快樂，人人都喜歡的世界。」

聽了孩子的夢想後，媽媽笑了笑，摸了摸孩子的頭。

「傻孩子，那你就這樣寫吧。」

寫著幾句，孩子突然又問。

「媽媽，你跟爸爸是怎樣認識的？」

「工作的時候啊。」

「那爸爸是你的初戀嗎？」

「小孩子別管那麼多。」

「應該是吧！大家都說我爸跟媽很年輕。」

「誰這樣說啊？」

「鄰居的姨姨啊、樓下的保安叔叔啊，還有街市賣魚的哥哥都說，不是嗎？大家都會問媽媽是不是我姐姐這樣啊？」

「就是你媽媽長得年輕而已。」

「是這樣嗎？可是住對面的大嬸，她女兒看起來比媽媽你還大啊！但她還是學生！」

「你不要在對面的阿姨面前叫她大嬸啊！會被說沒禮貌的。」

「可是，她明明就是個大嬸吧。」

「總之不可以。」

「那媽媽跟爸爸有談過戀愛嗎？」

「這當然有啊，就是要談過戀愛才能結婚的。」

「是這樣嗎？那我也可以談戀愛嗎？」

「等你長大一點就可以。」

「一點是多大？」

「嘛……當你的手舉高能換燈泡那時候吧。」

「啊？這樣算的嗎？媽媽你真古怪。」

「對！所以才生了你。」

「快點把功課寫完，然後去洗澡睡覺。」

「我的志願是夢想成真，還有舉高手就能換燈泡……」

寫著寫著孩子就伏在桌上睡著了，大門傳來鑰匙打開鐵閘的聲音。

一個年輕男子走進來，下一秒就「呯」的一聲倒在地上，從他身上散發著強烈的酒味。

「怎麼又喝得這麼醉？」孩子的媽立刻上次扶起他。

「寶貝，你聽我說！就差一點，很快我就會成功！然後我們都能活得比誰都更好，讓那些瞧不起我們的人後悔！然後所有人都來求我！然後我再一腳把他們踹開！然後我們！然後我們……」男子坐在地上指著天花，一直在啐啐唸著。

「好好！我們甚麼都好喔！」

因為男子一直在啐啐唸，本來睡著了的孩子也醒了走過來。

「爸爸在說夢話嗎？」有點迷糊的孩子這樣問。

「對啊，你快點去睡吧。」她用力把醉得站不住的丈夫半拖半拉的帶進房。

「爸爸在夢中應該也很快樂吧。」孩子擦著眼睛迷迷糊糊的看著眼前的父親。

「我快要呼吸不了！」她這樣大聲的撕吼著。

「那你想我怎樣？我已經很努力了不是嗎？我每天都這麼拼命是為了誰啊？」他也沒有絲毫讓步地回應。

「我需要的不是這種努力！就算你不這麼拼命也沒關係！」

「那你需要甚麼？你說你想要有個溫暖的家，我不是每天都在為這個家奮鬥嗎？你還想我怎麼樣？」

「你根本就不懂！」

「我不懂！那你說啊！你說了我就懂啊！」

「我說過了你就是不懂，你根本沒有花過心思想要了解我！」

「就是把所有心思都放你身上才會活得這麼累！」

「那就以後不要放了！」

她氣衝衝的拿著包就跑出家門。

他坐在梳化上一句話都沒有說，坐了很久很久。

在房間內的少年一直聽著一切，卻始終沒有推開房門，他沒有說過話，也沒有介入，就靜靜地背靠著房門，聆聽著這一切的發生。

他在想，這麼相愛的兩個人，怎麼會老是吵架呢？是因為太過深愛對方，還是兩人都不愛對方呢？

男人從雪櫃拿出啤酒，喝了幾口，就拿起電話打給她。

「去哪了？晚了、天氣冷，我去接你。」然後就出家門口了。

直至在很晚的時分，少年從房內聽到兩人一起回到家中的聲音，他選擇了繼續沉默，沒有介入他認為不屬於他該介入的世界中。但他知道剛才自己在思考的問題，他知道那個答案，和那個答案背後更多的。

那是一個很普通的下午，天氣很好，藍天白雲，抬頭看天空的話，覺得世界上的所有煩囂都與自己無關。年輕的少婦一邊哼著歌，一邊把剛洗好的衣服從洗衣機取出，準備趁著在這美好的日光下把衣服晾曬。

拿起衣架一件一件的掛起來。

第一件是兒子上學穿的運動裝。

「他最近好像又長高了，褲子開始有點短了。」

第二件是丈夫上班穿的西褲。

「好像有點舊了，是不是該給他買一套新的西裝呢？可是好貴喔。」

第三件是自己的圍裙。

「誰把這個放在一起洗了，會弄髒其他衣服的。」

心裡想著很多的念頭，卻始終哼著輕快的歌把衣服一件一件掛起。

突然，傳來鎖匙開門的聲音，她放下正在晾曬的衣服。

「這麼早，誰啊？」她朝門口的方向這樣問，卻沒有人回應。於是她往大門走過去，下一秒她看見丈夫走過來。

「怎麼不回應人，還以為是誰呢？今天這麼早回來？不用工作嗎？」確認了回來的是丈夫後，她掉過頭想回去繼續晾曬衣服。

突然從背後傳來一個大大的擁抱，丈夫從背後緊緊的抱著她，把自己的頭靠到她身上，卻依然一句話也不說。

「怎麼了？發生甚麼事了嗎？怎麼今天突然在撒嬌了？」她從這緊緊的擁抱中轉過身來，看著眼前的男人。

他雙眼通紅，是哭過吧，可是他看著她的眼神，卻像看著世上最珍貴的寶物似的，直直看著他懷抱中的女人。

「怎麼了？」她想要回應他的擁抱，想將雙手抱回去。

「我愛你。」男人這樣告白後，深情地吻下去。

他們好像已經很久沒有這樣吻過對方，有多久呢？是那種想不起有多久的久吧。從客廳到房間，始終沒有離開的雙唇，直至躺到床上，直至纏綿過後。

男人離開房間，沒有回頭。

女人蓋著被子，甜蜜的笑。

那是一個很普通的下午，天氣很好，藍天白雲，抬頭看天空的話，覺得世界上的所有煩囂都與自己無關。

男人拿著一把菜刀一刀又一刀的往她身上刺下去，發瘋似的刺下去，滿臉的淚水、瘋狂的咆哮，掩蓋了女人的叫喊聲，淚水模糊了眼前女人痛苦掙扎的表情。或許有一刻男人的視野沒被淚水掩蓋，或許有一刻男人能看到女人痛苦的樣子，或許他就會停下來。到底這一刻的男人是清醒，或是迷糊？大概只有他自己知道了。

一刀又一刀的刺，甚至刀子也彎曲了也沒讓他停下來。床上的女人早就斷氣，由溫暖的人變成冷冰冰的屍體。最後一刀，是硬生生的把彎曲了的刀插到女人的脖子上，像是賣豬肉的人在切完豬肉後要把刀插在針板上似的。

男子離開房間，打開桌上那罐還是冰涼的啤酒喝。

然後走回房間，把窗簾的繩變成結束痛苦的工具。

是甚麼讓如此心愛對方的人走上這結局，是甚麼呢……

曾經說過要創造一個只有快樂、人人都心想事成的世界吧。

我相信是可以的。

電影的製作人拍出了一套電影，觀眾能在短時間內活在那個世界，他們在戲中的幾小時，是享受的。

喜歡到主題樂園一樣，誰不知道那些人偶是由人扮的，可是大家也會裝作像不知道一樣，因為只有這樣大家才能快樂。

喝酒喝到爛醉的人也一樣，希望在不真實的虛幻中尋找一點真實的快感。

我想我可以創造一個這樣的世界，一個給人快樂的夢境，只要人們願意相信，那就可以了。

「當城牆失去了地基，它就會崩塌。」

Case 9

基石

「為甚麼會這樣？他怎會變成這樣？不是一直也很好的嗎？」中年女子焦慮地問醫生。

「暫時我們沒能找出原因，各項檢查顯示他身體所有機能正常。」醫生語重深重地說。

「……媽……機……」少年雙眼通紅的看著母親斷斷續續的說。

「為甚麼會變成這樣？」她崩潰了似的在哭。

「有一些疾病是以現時的醫學水平還沒法解釋的，但唯一能告訴你的是按目前的觀察，他的情況是在進一步惡化。」醫生看著少年和他家人這樣說。

「三十九名？全班就只有四十人，你居然能考三十九名？」母親拿著一張成績單對兒子說。

「那不是還有一人在我之後嗎？」男孩沒有回過頭看自己的母親，只專注於眼前屏幕上的戰爭。

「整天只知道玩，書也不會唸，以後都沒用了，睡街吧你！」母親拋下一句話後，氣衝衝離開了房間。

「嘖！忽然跑來嘈，害我輸了一局。」男孩一手拍到鍵盤之上。

我是周棟國，今年十四歲。中學三年級，沒甚麼專長的科目，也沒有擅長的學科。我承認自己是一個很懶惰的人，除了玩遊戲外，沒對甚麼感興趣。但如果說我很喜歡玩，那倒也不是，只是暫時沒有找到比打機更有趣的事做而已。

我媽老是說甚麼不唸書以後就沒前途甚麼的，這一丁點我覺得她有點杞人憂天。因為說實在的，其實唸書也不一定能有甚麼前……應該說是「錢途」吧。不過就是考好一點的大學，然後找好一點的工作，然後薪水多一點點吧。可是這樣又有甚麼意義，為何我不先玩了再說，現在過得快樂就行了。

而且我也不認為世界有這麼簡單，其實想一想也知道吧，地球上每年有那麼多大學生畢業，會唸書的人一街都是，可是你卻不會看到一街都是有錢人吧！怎可能人人都能靠唸書就有前途呢？能靠唸書唸出前途的人，大概只有那麼丁點的人吧。既然很清楚自己不管多努力也不可能成為那最頂尖的一部分，又何必在自己不擅長的事上花時間去與人競爭？所以說嘛，現在不如高高興興的打一下排位賽吧，至少在這裡我有拿過第一名嘛。

「喂，差你一個開場啊！」從喇叭傳來隊友的呼喚。

「等一下啦，我還剩這一題就做好。」我正在為明天要交的數學作業而努力中。

「做個屁喇，反正都是錯的，你隨便寫都一樣啦。」隊友開始不耐煩的催促著。

「好喇，好喇。做完了。在哪區啊？」我放下手上的筆，插上耳機開始熟練地操作起鍵盤與滑鼠。

沒錯，這就是我的日常，上學、放學，再到「戰場」上與隊友一起拼搏。

雖然老師和父母都會覺得我們是沉迷遊戲，可是我覺得這其實跟放學在球場上打籃球是沒差別的，我們都是一致地向同一個目標，靠合作取得勝利。雖說我們沒有直接像打籃球般在球場上走動，但我們所花費的精力絕對不會比打籃球少。時時刻刻要環顧四周，了解敵人的攻防，也需要跟隊友保持溝通、互相合作。若真的要說，打遊戲比打球還更勝一籌，因為我們是戰爭、賭上命與尊嚴的戰爭。

雖然外人看來或許真的覺得很不靠譜，可是我卻還是這樣活過精彩的每一天。

「叮噹——」從手機傳來了訊息的提示鈴聲。

「等等我有訊息。」我拿起手機。

每天互相嗆著大家無聊的廢話就夠我們聊一個學期。

「神經病啊，你跑去看訊息。」

「隨他啦，可能有女生找他！」

「哪會有女生找他，哈哈！」

「喂喂喂！看著前面啊！」

我單手繼續操控鍵盤防守著，另一隻手在解鎖手機。

「下載完成」螢幕上彈出了這樣的通知。

咦，我下載了甚麼程式嗎？難道是我前陣子登記了甚麼遊戲的事前登錄，忘記了嗎？

「美夢販賣機？」我好像沒甚麼印象自己下載過這樣的程式。

我點開這程式，第一個感覺是「手機淘O」？似乎是甚麼購物程式。

在我正準備要把這程式關閉刪掉的時候……這甚麼啊？

「穿越冒險」？啊？難道是直接用來課金的購物程式嗎？我好奇地點了進去。

「喂！阿棟！在攻你那邊啊！專心點好嗎！」

「我在過去！你撐著！」

隊友們在呼喚我，我一手把手機拋到床上，趕回去守城。

「哇！千鈞一發！」還好能反將一軍獲勝，我感激地說了聲。

「就叫你不要回女的！」被隊友人吐糟那樣責備。

「我哪有女可以回覆！」被刺中痛處的我嗆回去。

「今天看女班長好像跟你說很久不是嗎？」他繼續嘲笑我。

「哇！看不出你小子喜歡乖乖女啊？」其他人開始附和起來。

「她問我上次是不是沒問過她就拿她功課抄。」我只好說出可悲的真相。

「咦！她怎會發現！明明已經改了幾個答案！」他用著震驚卻絲毫沒有悔意的語氣說。

「幹！你是抄她的啊？」這下才終於明白為甚麼自己白天要莫名地被責備。

「對啊！她坐我旁邊當然是抄她的。」那小子還要一副理所當然的態度繼續說。

「你抄她的，我抄你的，幹嘛她只來說我！」覺得無辜的我反問。

「可能我帥，她不敢跟我說話吧。」不知這傢伙哪來的自信敢這樣說。

「你喜歡就好。」

「你喜歡就好。」

「你喜歡就好。」

我們全部人非常有默契地說出同一句話。

「需要這樣嗎？」他無奈的回應。

「我們真的太合拍，還這麼有實力的，是不是可以一起去參加電競比賽了？」我這樣提出。

「明天上學再說吧，去洗澡睡了。」

「再見。」

「再見。」

這群人總是在說再見時特別有效率的，我關了電腦，躺到床上拿起手機。

打開螢幕，顯示的還是我剛剛在看的課金程式，只是我想這程式我應該是用不著吧，一般來說課金程式都要用信用卡付帳，我平時沒信用卡都是去便利店買點數充值的。

看著那粉紅色的界面，總覺得有點誇張，用來課金的話應該用家是男生比較多，非得要用這種粉紅色嗎？邊想著我邊滑動，這時我才看到它的寫法很奇怪。它居然是寫著：

「請選擇你想要販賣的記憶」

這是不是有點奇怪呢？販賣？記憶？甚麼啊？怪神秘的感覺，所以我繼續按下去。它顯示出一個像月曆的東西，是今個月的月曆，點一下就可以選擇一天，多點兩下就能多選幾天，今天或之前的日子都能選，感覺超詭異。先繼續看下去好了。

它居然彈出了一頁寫著：

「請確認你的訂單

選購的夢境類型：穿越冒險

販賣的記憶日期：2015年1月20、21、22日

＊請於按下確認後即作成功交易，已販賣的記憶將無法退回。」

為甚麼我完全搞不懂狀況？我剛剛那樣算是選擇了嗎？明明只是隨意選擇了幾天……

不對，現在重點應該是這到底是甚麼屁啊？甚麼鬼販賣記憶？甚麼鬼夢境類型？我不懂啊！我理解不能，還是說我按下確認就能理解？該不會說是我睡著後做個夢吧？那販賣記憶又是怎樣？我的記憶會被別人知道嗎？到底是怎麼回事啊，越想越可怕的感覺。

可是，我又很好奇……嗚！人類有好奇心這件事真的好令人討厭！這程式越詭異，我越想試試看，越想知道它算甚麼、它是甚麼鬼東西！

好喇！那按確認就好了！行了吧？要搞懂它就只能這樣對不對！

我就按下了確認！

「**祝您有個美夢！**-Have a nice dream！」

程式轉成這樣的字句，然後我也開始覺得累，便放下手機，試著閉上眼……

「還不起床，要遲到了！」孩子的媽在房外大聲叫喊著。

眼見房中仍未有任何動靜，於是她走到兒子的房中，拍著棉被焦急的說：「還不起來，快要八點了。」

男生才在夢中驚醒過來，一下子從床上彈起，震驚地問道：「怎麼了？怎麼了？」看著旁邊的媽媽，才意識到自己剛剛是在作夢。

「甚麼怎麼了，快八點了，你鬧鐘沒響嗎？」媽媽帶著責備的語氣這樣說。

還沒清醒過來的我，身體記憶比大腦運作來得快，就已經下床，立刻換上校服，連牙也沒刷，廁所也先不去，拿起書包跟電話就衝出門口。

「哎？就這麼出門嗎你？」

還沒來得及聽媽媽說完，我已經衝到電梯口等電梯了。

我邊猛烈地按電梯按鈕，邊拿出手機看時間。

「幹！明明我已經用最極速的速度出門，怎麼已經七點十分了！」

「咦？不對！才七點！幹！」

又被我媽那世界級誇張的言詞騙了！怎麼我還會相信她！默默地回過頭，回家先上個廁所好了。

「怎麼又回來了？也對，我就在想，你今天幹嘛這麼早出門。」我媽還一臉毫不知情的態度問。

我已經懶得跟她說話，一手扔下書包就往廁所跑。

刷牙的時候我看著鏡子，突然想起今早我是在做夢對吧？

或許該說我昨晚是做了一個很長，還很真實的夢？我好像真的穿越了似的，就像動畫中的主人翁穿越到遊戲一樣。那種感覺……

真是太刺激了，穿著遊戲中的服飾，就像在玩角色扮演似的！一切都活靈活現似的，很少會發這種夢，而且醒來還記得夢境中的內容，真是爽爆了我的天！

如果以後天天都做這種夢就好了。

「你再不出門就真的要遲到了啊！」老媽又開始在發牢騷了。

「知道喇！不會再被你騙了。」我生氣地把牙刷完離開廁所。

拿起書包，這次我真的準時上學去。

「喂，棟國，借你的數學作業來抄一下。」

「啊？今天有功課要交嗎？」

「甚麼啊？你昨天不是說在做嗎？」

「我？有嗎？啊！對對，昨天那份，但不是星期五才交嗎？」

「屁喇！今天不就星期五嗎？」

「甚麼啊？今天是星期二吧。」

「你睡醒了嗎？」

我從今天早上就開始被騙，所以我沒那麼笨就上當，只盯著他。

「幹嘛一副我騙你的樣子，你自己看手機吧。」

我拿出手機螢幕，上面寫著：

「**2015 年 1 月 23 日　星期五**」

「咦！？怎麼會，我今天早上看時……」

「不要說那麼多喇，先借我啊！」

「我還沒做啊！」

「怎會啊！你昨晚不是說你在做最後一題嗎？」

「我哪有。」

我打開背包拿出我的數學本。

「你看。」

「誒！就說你已經做了，對吧！」

「怎麼可能！」

我半信半疑的看著……我真的做了……

「快拿來。」

他一手把我的習作拿走，而我還在想為甚麼會忘記了自己做了功課這回事。

「這個……看著都知道是錯……不過我們程度差不多，中間數字改一下，然後答案也改一下。很好，下題。」

「等一下，你拿來給我看看。我怎麼一點印象都沒有。」

「你沒印象是正常，你甚麼時候會記得做過的數，你記得就能考第一了。」

「我指的不是這個！」

「甚麼都好了，我只是不想因欠交功課留堂，今晚還要打排位啊！」

怎麼會這樣，我真是一點印象都沒有，昨天明明是星期一，可是為何今天就已經星期五？就算再沒記性也不至於這樣一下子忘了三天，還要這麼完全的忘記了，我該不會是少年痴呆左吧……或是得了甚麼絕症嗎……？沒理由的，我細心回想就會就起來的。

昨晚……就跟往常一樣啊，上學、放學、打機、睡覺，沒甚麼特別啊。等等，不對，我記得我有玩過手機，可是是昨天嗎？又好像不是。不，昨晚有玩過奇怪的程式！

我拿出手機，想翻出那個程式，可是沒有找到。消失了嗎？如果一定要說的話，跟昨天的程式絕對有關係的。因為昨日我的確夢見自己穿越了，然後是我昨天亂按了三天，而我現在的記憶跳過了這三天，所以說有九成的機會是與昨晚用的程式有關。

可是現在我既找不到程式，也記不起這幾天的事，也沒辦法吧……

本來因為沒辦法，就想著放棄這件事的我，第二天卻又被自己的夢提醒著似的。

我昨晚夢到了跟前天一樣是關於穿越的夢，緊接著的劇情，一樣的真實。實在是太過不可思議了！這種感覺實在太刺激了！就跟平常只能玩手遊的槍戰，變成現在可以在現實中打野戰一樣。

難道我又忘記了甚麼，跳過幾日了？一言驚醒夢中人，我立刻拿起電話看看！今天是二十四號！沒錯，星期六。這下就安全了，沒忘記，還做了好夢，賺到了。然後我就起床回學校補課，人生真累，滿是唸書和上學。

接下來的一天，星期日，我睡到很晚才自然醒來。依然是夢見穿越的夢，已經是連續第三天做了同一個很真實的夢了。爽得有點不想醒來，這天也沒有忘記甚麼，很好的清醒著呢。

醒來後就在打機，果然星期日就是打機的好日子嘛，老媽也懶得說我，能整天都在做快樂的事，真好。就這樣不知不覺玩到晚上，到了準備睡的時間，躺在床上滑動著手機。

突然想起連續三天的美夢，都開始期待等會睡覺了。想著會有人跟我一樣嗎？每個晚上做著有趣又真實的美夢，都快要只想睡覺不想醒來了。

「叮噹～」伴隨著鈴聲和手機震動，彈出了訊息的窗口。

「恭喜你完成了首次使用美夢販賣機的初體驗！」

咦！果然是有這麼一個程式的對吧！怎麼會突然又出現了！

我馬上點擊程式打開看看裡面，這次我認真仔細地查看這個程式。

關於使用方法，就是選擇想要的夢境、再選擇要賣的記憶，這很簡單吧。啊，我之前是因為直接點擊了進去程序就預設幫我選好了「穿越冒險」，這次要不要試一下其他夢境好呢？看看還有甚麼其他的夢境好選擇呢。

「中六合彩」、「成為偶像」、「變成首富」等等，怎麼都是這些無聊的選項吶，在夢裡擁有這些醒來不還是甚麼都沒有。反正感受這麼有真實感，還是繼續穿越吧。於是我再次選了穿越的夢境，然後還可以選擇的是販賣的日期。選哪天好呢？如果又選最近的話，又像前天一樣忘記了就慘了。

我滑動日曆想看看能販賣最早的記憶是何時，居然是我出生以來就可以！那就簡單了，賣小時候的記憶就行了，反正我老早忘記了從前的東西。

一直滑著滑著，滑到「2003年」，我想夠久了吧。就賣這天吧！

「2003年1月25日」

說起來我上次好像賣了三天？噢！對啊！因為我賣了三天記憶，所以我做了三天的夢吧？

那要不要多賣幾天好呢？反正覺就每天都要睡、夢也是每天都要作的。

好吧，一次過來吧！

可以整個月份勾選呢，那多按幾個吧。從「2003 年」按到「2006 年」，一下子賣三年是不是太多？算了，反正都只是幾歲的記憶，我根本就想不起來，每天能做美夢更高興吧。

好！確認！睡覺！

就這樣我又步入了美好的夢鄉。

「起床喇！怎麼又賴床！」我媽走進房間把我拍醒了。

「媽……」在迷糊中我醒來叫了一聲。

「怎麼了？」被叫住了的她這樣問。

奇怪了，我怎麼突然這樣叫她。沒甚麼，我想這樣說的，可是為甚麼呢？我好像想說甚麼，該怎說……

「媽……」我腦海中一直浮現著各種思想，可是為甚麼我說不出呢？好奇怪，我開始拼命的想說話。

「怎麼……？你怎麼了……？」我媽察覺到眼前的我不對勁。

「……媽……媽……飯……話……」我試著用力想說出心中的話，卻只擠出了幾個莫名其妙、無關係的單字。

我思想很清晰，可是為甚麼我沒法組織到想說的話，這些該怎麼說⋯⋯

後來，我在醫院住了好一段時間，醫生也不確定我到底是有甚麼毛病。最初他們說我得了失語症，可是檢查過腦部，又說沒發現有甚麼問題。最後就說世界上有很多疾病也是沒辦法查出正確病因那樣打發了我的家人。

我心裡是能懂這一切，但又好像沒法完全理解，我好像遺忘了甚麼，缺失了甚麼似的，我看不懂文字、說不出詞語，有時候我不確定自己在做甚麼。

可是，我能理解眼前人的表情，我懂得家人的難過、看到他們的眼淚，感受到一切該感受到的，可就是說不出想說、有時候思想也有點混亂。

到底我患了甚麼毛病呢？我不知道。

到底是哪裡出錯呢？我不知道。

到底甚麼時候會好起來呢？我不知道。

我唯一知道的只剩下那閉上眼後會出現的夢。

「以為快要美夢成真，但原來幸福就像泡泡一樣，一下子就會破掉。」

Case 10

創造

「至少我想把答應過她要做的事都跟她做一遍。」

「可以的，你們可以在那裡補回未完成的夢。」

「未完的夢……說到底也不過是一場夢吧。」

「這要看你，能幫我們做到哪個程度了。」

在某所研究中心的一所房間中，穿著正式裝扮的二男一女在這樣對話。

我是羅伯德，他們習慣叫我 Robert，三十九歲，是一名神經科學的研究博士，被同行的人譽為神經學家、心理學中的天才。或許是要背負起能擔當得上這榮譽的責任，從開始在這個領域上鑽研後，世界上其他的一切好像我都不該花時間在他們身上。除了研究相關的人和事，我視世界如無物，冷落了周遭的一切。

然而這樣我身邊卻有一個人一直不離不棄的守在身邊，她就是我的未婚妻。她是我大學時在一次聚餐中認識的。可能是因為平常的工作已經是對人類進行分析和研究，所以我在日常生活中並不主動，那天也是她主動來我身邊搭話，約會、交往……一直都是她主動。回想起來，我明明那麼的沒趣，但她的溫柔包容了我的一切，跟我愛情長跑了十多年。

我是去年被同事的一句話驚醒，才第一次不是她向我追過來，而是我向她身邊走過去。

「你們交往多久了？」

「十年左右吧，蠻久了。」

「甚麼！？一個女人跟了你十年你還不跟她結婚？你好意思啊？」

那一刻我才被一言驚醒夢中人似的，發現原來自己沒有為她做過任何事。

於是我去年就向她求婚了，縱使我很不擅長做這種煽情的事，但我還是好好的向朋友搜集資料，然後在精心佈置好的酒店套房中，單膝跪在地上為她戴上戒指。原以為自己是個很冷靜的人，但沒想到辦起這件事的時候，我居然會這麼緊張。

我很記得那天，我因為太緊張，說話變得超級緊繃。明明應該是甜蜜溫馨的說話，變得像軍官命令下屬似的跟她說。

「我們結婚吧！」我在遞上戒指的那刻大聲地喊著。

「嗯！」她呆了一下然後拼命點頭。

「我們結婚吧！！」有點不確定的我再重複了一次。

「嗯！！」她繼續點頭回應我。

「我們結婚吧！！！」我又再重複了這句話。

「你還想要說幾多次吶？」她停止了點頭笑著問我。

「說到我們結婚那天啊！」我看著她滿臉的眼淚後露出的笑容，默默為她戴上戒指。

「傻瓜！」這個大概是世界上唯一一個會這樣說我的人緊緊抱著了我。

我想我也算是一個蠻出色的男人吧？畢竟事業都算有成，家裡一切都挺好，即將要娶一個賢淑的太太，接下來會繼續組織我們的家庭，生兩個孩子吧，可以的話兩個都是女孩子比較好，比較可愛。然後，看著她們慢慢長大，上幼稚園、小學、中學、大學，之後要看著她們結婚了嗎？還這麼年輕不著急，生兒育女甚麼的就之後再說。好，就這樣計劃一下。

我看著眼前這個一直跟在我身邊、默默為我守候的女人，我才終於發現自己一直以來有多渣男。她一直為我付出、不哭不鬧，從來不要求我給她甚麼，就只是想守在我身邊，在我需要她的時候她就出現。要是別人知道，一定不相信世界上會有這種願意只為深愛的人付出，而不求回報的人吧。這刻我下定了決心，我要和這個女人一起過我們的餘生，要為她送上幸福快樂。

可是，神總是喜歡在人類快樂的時候來開一點玩笑。

在我們婚禮舉辦前的三個月。

「咳、咳——咳、咳——」她睡在我身旁一直咳嗽著。

我給了她一點感冒藥，我說明天睡醒還沒好就去看醫生，她吃了、睡了，還是一直咳。

第二天一早，我就載她去附近的診所，那位醫生建議她再做一個較詳細的檢查。那刻開始，我有了不好的預感，而後來我也知道了我這份預感是對的。

「是肺癌，末期。」

那份不好的預感變成真實，之後她就住院了。過兩天把手上的東西做好後，我便暫停了研究所的工作，每天往來醫院照顧她。她的情況不樂觀，一直在惡化，主診醫生也很早就告訴我要有心理準備。可是我每次去看她，她都在拼盡全力的向我擠出笑容。

我又不是傻瓜，我看著她就知道，不斷的化療有多辛苦，她有幾次都痛得哭了還怕著被我看見。我都只能假裝沒看到，多想告訴她不用撐著，痛就說出來，卻又怕這樣每她更難受。

日子一天又一天的過去，她沒有好轉，我看著病床上的她，就像脫水的毛巾，變得越來越小。她開始沒法為我擠出笑容，她開始沒法跟我說話。這只是在短短一個月裡發生的事，她被求婚後高興得像得到全世界般舞動著彷彿是昨天的事，一下子居然就變得那麼遙遠。

我知道我不能在她面前哭，我也知道她不可能再好起來。我想為她做點甚麼，可我卻完全無能為力。曾經被那麼多人讚美、被那麼多人吹捧得成甚麼能人天才，但看著我眼前躺著的未婚妻，我變得如此不外如是、這麼渺小，變得這樣無力。

人真是特別脆弱、特別沒用的生物，平常總裝著了不起的樣子，把自己當成比別的生物都強大，去傷害比自己弱小的生物來換取自我成就感。但實際上根本就沒那麼強，所有生物都一樣。面對死亡的時候一樣的無力，除了等待結束外甚麼也做不了。

當有親人在醫院的時候，你知道最讓人害怕的是甚麼嗎？我告訴你，是電話響起。因為基本上都不會是好消息，不會有醫院打給你說，她忽然好了，來接她出院吧。不會的，沒有這種好事的。

所以那個晚上，上天也沒有憐憫我。

電話響起了，就這樣，我們的故事沒能寫下美好的結局。

我趕到醫院的時候，她縮得很小、再沒有溫度，她是故意選擇我不在的時間。因為她只喜歡我看到她好的那面，即使她知道我最後也會看到，她還是寧願選擇我不在的時候。

她想穿的那套婚紗還沒有穿到，我們的孩子還沒有出生，白髮的我她還沒看到，怎麼突然就跑了？我又不是甚麼連續劇的男主角，我可以不走這種生離死別的劇情嗎？大概不能吧，現實總是比連續劇更狗血、更殘酷、更來得突然。而你不能投訴劇作家、不能更改劇本，只能默默接受。

很奇怪，那個晚上我沒有哭，或許是我早就有了心理準備、或許是我還沒打算接受我將永遠失去她的這個事實。我安撫了岳父岳母，讓他們早點回家。最後，我給了她一個擁抱，一個還沒夠的擁抱。

然後我一直坐在醫院的椅子上，直到那個人來跟我搭話。

「抱歉，看來我找了個最差的時候來。」那個男人這樣對我說。

「沒關係，坐吧。」我看了他一眼，邀請他坐下來。

眼前的這個男人一看便知道是找我談工作的，他看起來比我年輕許多，但他不是處於我之下的人。一個人的身分可以很簡單的從他的一舉手一投足就能看出來。而這個人散發著的是不高傲的自信、成熟卻單純的目光，彷彿是看淡了世界，卻又不願意捨棄世人般。

「現在方便說話嗎？不然之後再說也可以。」他知道我的狀況才這樣禮貌的問。

「現在吧，或許我不會再有比現在更平靜的時候。」

我也很清楚自己的狀態，像是迴光反照前不正常的平常。

「那我直奔主題了。我想邀請你加入我們的製作團隊。」他很爽快就說出目的。

「我有自己的研究團隊了，沒有打算加入其他團隊。」可是我對他不感興趣。

「我們是創造，你們是鑽研。一直停滯不往前走的話，會錯過所有可能。」他就只說了這句，然後給了我一張卡片，就站起來拍了拍我的肩膀。

他離開之後，我腦中不斷重複著他的話。

「一直停滯不往前走的話，會錯過所有可能……」

「一直停滯不往前走的話，會錯過所有可能……」

就好像她鼓勵我時會說的話，就好像她離開後也留下甚麼給我似的……

明明兩人完全沒關係，可是我為何就這樣想去相信他……

其實是我心底裡不想再面對所有的曾經，才想要借助新的環境去逃避吧。

我望著手上的卡片，撥通了電話。

「是我，來談談吧。」

就當天晚上，我就跟這個第一次見的男人成為了合作伙伴。

在他們的研究室中，原以為會有蠻龐大的團隊，沒想到連上我才三個人。一整個晚上他都在解說有關他目前已研發了大部分的程式、設計。他的目標是創造一個能讓人類記憶替換的遊戲。讓人能享受更多美好的時刻，享受晚上的休息時間。也不知道該說他的理念是天真還是想得太完美。記憶本來就是人類生命中最重要的部分，把一切都換掉真的能做到他想要的結果嗎？我想是不行吧。

「我懂你們的意思，按理論來說這一切都是能做到的，但關於記憶換替的部分以現時的科技來說是還沒做到。」

「這不就是我找你的原因嗎？你去年發佈的那份報告中，不是暗示了嗎？」

「……看來你真的不簡單。」

「……跟你差不多吧，你還沒完成的部分，能靠我們幫你完成，能靠這個程式完成。」

「但這一切都還是未知數。」

「沒關係，我們來創造就行，把未知的一切，重新創作。」

就這樣，在我未婚妻離世的當晚，我聆聽著他們的理念，短暫忘記了失去的痛。也許在聽他說話的期間，我有了私心，我希望這程式真的能被開發，即使是假的，我也想能留下如此的記憶。想看著她穿上婚紗的樣子、想看看她滿頭白髮的樣子。

「Robert! Robert! Robert!」我在床上被眼前的女人拍醒。

她是 Vivian，我們三人團隊中唯一的女性，她也不是甚麼簡單角色，是個充滿野心的人。

「怎麼了，昨晚有夢到甚麼嗎？」她緊張地向我問。

「嗯，中了六合彩，就跟昨晚選擇的夢境情節一樣。」我並不意外，因為我從沒失敗過。

「那記憶的部分呢？」她認真的繼續問。

她給我遞上了我的日記本，為我翻到了用作交換夢景那一日的日記。看著前天特意為了用來作替換記憶，而去了遊樂園玩了一天的記錄。果然，一點印象都沒有，彷彿這日記裡的一字一句都不是我寫下似的。

「嗯，我們成功了！」我這樣對她說。

「太好了！美夢販賣機誕生了！」她稍為震驚了一下才回過神來，高興的抱著身旁的男人。

「那接下來可以再找一些實驗的對象和投資者繼續開發了，我們將會改變世界！不用再只局限於遊戲、電影這些娛樂，大家都能有更真實的體驗和經歷！」他像個完成暑期作業，可以放暑假的小孩一樣笑著說。

那天之後，美夢販賣機還沒有正式推出，但他們一直尋找體驗的玩家，而這些玩家其實是屬於試驗品，畢竟一切也還不能說穩定。而我其實心底並沒有對美夢販賣機抱著樂觀的態度，因為有關於人類記憶這件事，並不是這樣簡單，而是每一個記憶都跟其他的記憶有著千絲萬縷的關係。就像是一幅需要每一塊拼圖拼湊起來才能拼出完整的畫面，一旦換了其他拼圖，就已經不再是原來的那一幅。

然而比誰都更明白這一點的我，卻想把這拼圖的風景轉換。

從未婚妻離開那晚開始，我把全部心思都放在美夢販賣機這程式。如今程式完成，也漸漸上了軌道，一切都開始穩定。雖說我仍然在這團隊中，但剩下的只是偶然提出意見，修改部分都不是我負責的範圍，我可說是可以功成身退，也沒有可以寄託的地方。

這個晚上，他們都出去了，我一個人坐在研究室的房間，靜靜的看著自己雙手，我還戴著當日向她求婚的戒指，我撫摸一下了戒指，今天也很想她呢。沒有複雜的事情需要我解決，我只剩下了最初的想念。那刻，我千不該、萬不該的萌生了一個念頭。

想看看她穿著婚紗的樣子。

我按著按著電話，打開了美夢販賣機，我知道怎樣操作，我知道怎樣能按照我的想法進行。我比誰都懂美夢販賣機的運作，所以我們即將相見。我選擇放棄的記憶是失去妳的那個晚上。然後我伏在桌上就睡了，好像很久沒有過這麼快能入睡的日子了……

眼淚流過的痕跡、它的溫度，還緊貼著我的臉頰。這是從她離開的晚上就該流下的淚，卻一直忍到今天才能流下來。

這刻我好像懂了，為甚麼那傢伙想要研究出美夢販賣機。

因為太渴望、因為太想擁有、因為太想被欺騙、因為知道、因為不可能。

因為除了夢境以外，這些都是沒法在現實裡實現的事情，明明知道卻還是渴望。

人真的是必須經歷失去才會懂得珍惜。我知道自己接下來會深陷於這個自己有份創造出來的美夢販賣機；我知道接下來自己會迷失在這個虛幻的世界；我知道我的拼圖即將被我換成不一樣的圖畫；我知道它將會成為危險的存在；我知道我應該在一切走向沒法挽回的局面前把這個程式摧毀。可是，我選擇了視而不見，任由它繼續走向這樣的局面。這些不該是我負責的東西，此刻的我，只是……

有點想睡。

「因為從來都沒擁有過，所以我不能確定是這種感覺嗎？再試一下，讓我再感受一下吧。」

Case 11

擁有

「我沒有權利選擇要不要誕生到這世界上，難道連選擇死亡也不可以嗎？」

「妳不要這樣，妳這樣媽媽很心疼。」

「那你當初為甚麼要把我生下來，把我生成這樣，你知道我真的活得好累嗎？」

「對不起，都是媽媽的錯……」

我們就這樣哭成一團，不知哭了多久……

我是梁康怡，今年十九歲。人如其名，我身體很健康，可是我卻有著永遠也改變不了的事實，就是我生下來就少了一雙腿，所謂的終身殘疾。我從小就過得跟其他人不一樣，不是坐就是躺，小時候上的是特殊學校，一直都坐在輪椅上。其實我沒甚麼感覺的，或許是因為天生就是這樣，所以對我來說很平常。即使別人看著我的時候，總喜歡用一臉「這麼年輕真可憐」的眼神看我，我也覺得沒甚麼關係，因為我並沒有為自己先天的不足而自暴自棄。

我常常聽人說，「神關了你的門，還是會給你留一扇窗」，我特別喜歡這句話。因為我相信自己還是比許多人幸福，至少我有很疼愛我的父母、還有一個比我小兩年，卻很健全、很懂事又疼我的弟弟。我的成長過程是幸福快樂的，也沒甚麼缺乏。

那是在二十年前的一個下午。

「雖然很遺憾，但請你看看這裡。」

「我看不懂，醫生你直接說我會做好心理準備的……」

「這個位置是頭，對不？然後這裡跟這裡是她的手。」

「嗯……我知道……然後……？」

「這裡沒有腳……」

「……」

「你還是可以選擇的。」

「我……我不懂。醫生，是這張照剛好沒拍到吧？或是說只是還沒長出來吧……？」

「作為醫生會建議你選擇人工流產，因為即使孩子能平安出生，但她夭折或是患上更多現時未能知道的疾病的機會是很大的，當然我只是建議，選擇權還是在你手上。」

女子坐在原位，雙手抱著自己腹部，雙眼無止境的湧出淚水，一直哭喊著。

「我該怎麼辦？」女子哭著問她的丈夫。

「如果你怕就不要？我們還年輕，還是能有下一個孩子。」丈夫摸著妻子的肚子那樣說。

「可是她也是生命，我怎能就這樣把她殺死……」妻子忍不住情緒崩潰痛哭。

「不管她長成怎樣都是我們最疼愛的孩子，只要你願意，我會一直陪在你身邊。你不會是一個人、她也不會。」丈夫抱著太太，撫摸著她的頭這樣說。

「我想……把她生下來。」

「嗯，那我們就一起照顧她吧。」

就這樣，孩子最終平安地生下來，即使有先天缺陷，可是卻沒有如醫生擔心的，孩子一直都倔強地健康成長著，而這個孩子就是我。

記得幾年前有次在街上等候巴士，因為我是坐著輪椅的，所以總會在巴士站最前的位置等候，那次有一個小妹妹這樣問我。

「姐姐，為甚麼你不用排隊呢？」

「不好意思，不好意思。因為姐姐受傷了，所以我們先讓她搭車，好不好？」

我還沒來得及回答，她媽媽就已經一臉尷尬跟緊張的跟我道歉。

有時候我也不想成為這種特例，只是我也想跟大家一樣平凡地生活。

還有一次，是小時候的事了。那是媽媽帶我到公園玩，說是到公園玩，其實我都只是在看看別人玩而已。我當時沒法理解，如今卻是懂了。那個男孩應該是玩得很累，想休息的時候看到我。

他居然這樣對我說：「真好，你隨時都能坐。」

然後，我第一次看見我媽媽生氣。

「說甚麼啊你？」她大聲的罵那男孩，大聲得大概整個公園也能聽見。

然後那男孩嚇得一直哭著叫媽媽。

我媽媽就把我帶走了，我當時沒能理解我媽，只知道那天她回家後哭了一個晚上。

孩子的說話總是無心卻又真誠，所以才容易使人難堪。

長大後的我當然明白媽當時的心情，只是我覺得這是無可奈何的事，更不是我應該難過的事。因為我清楚，假如我因為這些事難過的話，我媽媽就會一直責怪自己。我知道她從我出生開始、或許在更早之前，她就沒有不是在責怪自己，責怪自己沒能給我健全的身體。

在這十九年的人生，其實也沒有甚麼特別，我像普通人一樣活著。吃一樣的東西、看一樣的電影、學習一樣的知識，我也會打網球和游泳，懂的東西也沒有比任何人少。我也沒有甚麼特別渴望擁有的，對我來說已經足夠的幸福了，只是在某個我睡不著的晚上，一個意外出現的程式，讓我的人生變得有點不一樣。

那天晚上，我如常的在中心下課回家，因為稍為早了一點下課，就到了附近的書店買書回家看。在暢銷書目中找到了一系列的魔幻傳奇小說，我就打開了一本看。

可能因為從小有點不一樣吧，我特別喜歡看一些魔幻、不可思議的書本，因為在這樣的世界裡，我能找到一些不一樣的，或是該說我喜歡看一些在現實中做不到但在這些世界裡就能做到的事。例如說那些能穿越時空、到過去未來，或是那些擁有特異功能、瞬間移動、透明人等等。這一切都讓我覺得很新奇、很有趣，甚至那些外星生物、十大不可思議之謎甚麼的都很吸引。有時候我也會想，如果我擁有超能力，能讓自己飛起來、隔空取物，或是自己長出腿來，要是能這樣就好了。

「嘟嚕——嘟嚕——」袋裡的電話響起了。

手上拿著太多書，一不小心袋裡的電話和書本撒落到一地都是。

「我幫你。」

在我還沒拾起書本的時候，旁邊的一個男士很紳士地把電話拾起來給我。

「先接聽吧。」他遞給我電話，然後繼續幫我收拾散落一地的書本。

「喂？」是我媽打過來。

「你怎麼還沒回來？你在哪？出甚麼事情了嗎？」我那一點點事也能緊張得快要報警似的媽媽很緊張的說。

「沒有喇，我在書局看書忘記時間了，現在就回來。」我安撫她似的說道。

「還是不好吶，我現在去接你吧。」我聽得到我媽已經在收拾包包準備出門。

「不用了媽，你來到時，我都回到了。」拼命想阻止我那大驚小怪的媽媽。

「那我叫你弟去接你，他應該在附近！大晚上的，媽媽不放心。就這樣，你不要亂走，在那邊等著，我打給你弟弟。」

沒等我拒絕，她已經掛掉了電話。我也只好在這裡等弟弟吧，不然待會她又有一大堆說話要說了。

「啊，不好意思，讓你幫我拿了這麼久。」差點忘了剛剛那男士幫我拾起了這麼多書。

「你喜歡看這類魔幻不可思議的書喔？」他把書本遞給我。

「啊，對的，很有趣的感覺。」面對帥氣紳士的搭訕令我有點害羞不敢抬頭看他。

「你要去結帳嗎？」他繼續問。

「啊，對。」其實只想買一本，但又不好意思說，只好硬著頭皮說吧。

「那我幫你拿過去吧。」他很紳士的還想幫我推輪椅。

「沒關係，這個我來就行。」畢竟我用的是電動輪椅，其實自己操作比較方便。

就這樣他陪著我去結帳了。

「這個要幫你放好嗎？」結好帳後他幫我拿著那一系列的書。

「好的，放這裡就可以。」我指了一下輪椅的底部。

「謝謝你，麻煩你了。」他幫我放好後，我向他道謝了就離開書店範圍，準備找個位置等我的弟弟。

「如果可以夢想成真的話，你會想要甚麼呢？」他突然這樣問。

雖然他這樣突然發問令我覺得有點唐突，但我還是有禮貌的回應了他。

「你看著我，覺得我會想要甚麼呢？」我微微地笑著說。

他沒有說話，我們之間就這樣停頓在這個氣氛。

隔了一會兒後，他這樣說。

「那麼希望你會喜歡吧。」

「你說甚麼？」我不理解他突然的說話，就直接問他。

「書，剛剛你買的書。」他指了一下我的輪椅下。

「啊，我會喜歡的。」我高興的說。

「看來接你的人到了，下次再見吧。」他笑了笑跟我揮手就走了。

然後我就看見我的弟弟跑過來。

「嚇死我了你！剛剛媽超緊張的打電話來說得你出甚麼事。」我弟氣喘喘的在我面前說。

「我只是看書看晚了點，她就是誇張。」我略嫌棄的說。

「剛剛那男的是誰啊？你跟男人幽會啊？」

「一個奇怪的好人。」

「走吧！再不回去，媽媽真的會報警了。」我催促我那像跑腿的小弟。

因為比預想買多了幾本書，我晚上看著看著，不知時間過去。直到一聲電台訊息的提示聲，才把我從書中的世界拉回現實。

我拿起手機看，它寫著：

「**下載完成**」

奇怪了，我甚麼時候有下載東西啊？

我解鎖電話想著看一下到底是下載了甚麼，會不會是手機中毒了，胡亂下載東西？

「**美夢販賣機**」

這個我沒有見過的程式出現了在我的手機中。

我甚麼時候有下載這東西呢？該不會真的是病毒程式吧？於是我在猶豫到底要不要點進去這個程式。可是我看著這個名字，覺得好有趣，再加上圖示看起來很可愛、很少女的感覺，好像是我會喜歡的東西。好吧！看一下吧，應該不會有事吧！萬一是病毒就馬上刪掉吧！

就是這樣我點開了這個看起來很可愛的神秘程式。

然後程式就彈出了：

「使用教學」

喔，有教學，我看看喔。

「第一步：選擇想要購買的夢境

第二步：選擇販賣的記憶日期

第三步：確認無誤

＊一旦確認訂單，則視為交易完成，

已販賣之記憶任何情況下將不獲退回。」

選擇要購買的夢境？這是甚麼意思啊？先不管了，繼續看一下，然後是選擇販賣的記憶？就這樣看起來好像很簡單？可是為甚麼我覺得那麼難理解啊？甚麼是購買夢境？甚麼是販賣記憶？這是甚麼啊？該不會就是這個字面意思吧？就是把我的記憶賣掉，然後做一個夢嗎？那賣掉記憶是不是會失憶了？失憶了怎麼辦？還是說我的記憶會被其他人知道？那會不會連我心裡想的都被知道？可是我不想被人知道我那些不好的想法喔！可以不賣嗎？啊，我刪掉程式不就不用賣了嗎！哈哈！怎麼沒有想到呢？

刪掉程式就是了。

但還是想看一下，先看一下再決定吧。我繼續看下去，哎喲！夢境都居然有這麼多種！很搞笑，形形色色的夢境：嫁個有錢人、娶美女、成為富翁、征服世界、回到過去等等，先不說這些夢的類型看起來像電影的劇情。這個介面是網購吧？怎麼說跟個購物網一樣，如果按剛剛說的的那樣，選購的是夢境，那我賣掉的是記憶？記憶怎樣賣？難道要洗我腦嗎？

接下來我就看到了一個日曆，可以選擇日子，還仔細到可以選擇時、分、秒？還能這樣選嗎？要是選了，那天的記憶會消失嗎？可是到底是怎樣收取，我想試一下，可是又有點恐怖的感覺，怎麼辦好呢？就試一下吧？應該不會出事吧……我想。總不會在出門的時候，被人捉去實驗室洗腦吧……大概。

說不定根本就是騙人的呢？反正，應該，大概！會沒事的！試一下嘛！

於是我就點選了，「擁有魔法」。我想這一定會是一個有趣的夢吧！

至於要賣掉的記憶，我想想，有甚麼不好的記憶呢？

我想起了，兩年前我第一次喜歡了一個男生，可是對方拒絕了我，我想忘記那天很久了。因為太丟臉了，如果可以就讓我忘記那天吧。但萬一程式不是忘記，是被其他人知道那怎麼辦？應該不會的，不像是這個意思。

於是我翻開了日記本，揭著揭著，對對對，是這天了！2014年5月28日！

就這樣決定好了想要的夢境和不想要的記憶。

「**請確認你的訂單**

選購的夢境類型：擁有魔法

販賣的記憶日期：2014年5月28日00時00分00秒

＊請於按下確認後盡快入睡，

如未能於二十四小時內入睡，

當天將不會出現美夢，而已販賣的記憶將不獲退回。」

如果這程式是真的就好了，會很有趣吧！哈哈，我就睡一覺看看它到底是怎麼一回事。

我拿著手機，就直接在床上睡著了。

「康怡，起來吶！怎麼今天睡這麼晚啊？是不舒服嗎？」媽媽坐在我床邊，一手放在我的額頭上，一邊問著。

「嗯？我是怎麼了？」我迷迷糊糊的想要站起來，卻發現我沒辦法做到。

我一手拉開我的棉被，啊，沒有，這才是正常呢。

是夢啊？可是為甚麼我覺得是真呢？為甚麼會有這種真實的感覺呢？腳踏實地就是這種感覺嗎？我從來沒有試過，奔跑、跳舞原來是這樣一回事，對嗎？可是為甚麼我覺得會有點不知所措？或許讓我再感受一下我就能體會、就能理解到了。為甚麼不給我再感受一下呢？為甚麼呢？

沒法忍著，眼淚就開始流下來，我用雙手掩蓋雙眼拼命的哭。為甚麼呢？為甚麼偏偏是我呢？對別人來說這麼平凡普通的事，為甚麼我連做夢也覺得高興呢？

「怎麼突然哭了？是作惡夢了嗎？不哭不哭！」我媽把我緊緊抱住。

在外面的弟弟和爸爸也因為擔心跑進來，他們就一直陪著我，直到我哭夠了。

「嗯！沒事了！」我這樣說。

「到底怎麼了？」媽媽很擔心的繼續問。

「沒……就昨晚看書時，有個喜歡的角色死了。一醒來想起就覺得傷心那樣。」我在胡說八道想要把這事胡混過去。

「就說不要看那些要生要死的書啦！無聊死了，整天這個死、那個死。」我弟衝著說。

「噢，乖啊。那些作者這樣寫一定有他的原因，不要難過了，去刷牙洗臉吧。」我媽聽到我是因為看書而難過反而放心了許多。

「爸爸以前看小說也常常看哭的，哈哈！」我爸就是喜歡這樣，想個笨蛋似的。

就這樣今天的事被我蒙混過去了。

可是，我還想再試一次，一次就好了，我想確認那是不是擁有的感覺。

孩子的母親正在醫院跟醫生聊著。

「那孩子最近好像有點沒記性？因為那孩子總是很懂事，甚麼都不跟我說。從前也不怎麼哭，就最近動不動就哭。我問過幾次，她都隨便說點甚麼帶過去，總是在睡覺，情緒也很不穩定，試過好幾次睡醒就在哭？我就怕她是不是得了甚麼情緒病？」

「按檢查是沒有這方面的問題，或許可以注意一下是不是她最近經歷了甚麼？或是有沒有做了一些令她帶來很大壓力的事。」

「她應該沒甚麼壓力吧？我甚麼都不需要她做，她喜歡做甚麼都可以。」

「有時候就是這樣會為她帶來壓力。不少有缺陷的人其實他們都有能力做到很多看似他們不擅長的事，但身旁的人很容易會以為是為他們好而代替他們完成，這樣反而會令他們覺得自己是負累，而形成壓力。」

「我都不知道呢……」

「畢竟她也快二十歲了，你也不可能一直陪在她身邊。她也會有很多自己的考慮，你唯一能做的只有試著多點跟她聊天，了解多一點她的想法。」

回到家裡後，媽媽試著再跟女兒說話。

「康怡啊，你有甚麼心事不能跟媽媽說嗎？你一直在睡，最近都不跟媽媽說話，難道是媽媽做錯甚麼，你生氣了嗎？」

「沒有……」

「那要不要跟媽媽出去逛街啊？」

「不要……」

「不要這樣嘛，今天天氣這麼好，出去走走嘛。」

女孩突然就哭了起來。

「怎麼就哭了，不想去就不去吶，媽媽不逼你，不要哭。」

「走甚麼走，得有腿才能走，我那算甚麼走！」

這麼多年來第一次聽到由女兒口中說出這種話，她不知道該說甚麼。

「對不起……都是媽媽的錯……」

「我只是想試一下而已，我連到底是不是這種感覺都不肯定，我就只是想感受一下！」

兩人一直在哭，媽媽一直緊緊抱著女兒。她們哭了很久很久，應該有半個下午吧……

「好喇，不要哭了，我就突然這樣想一下而已，我不應該這樣說的。」

「如果可以，媽媽真想把腿都給你……」

「不用了，你已經給了我更多更好的了。」

那天晚上，女孩把手機中的一個程式刪掉了。

「走錯了的路口，該回頭還是繼續往前走？」

CHAPTER 6

第六章

回憶

「咔噗咔噗嘰架嗶咔噗咔……」床邊的電話旁隨著鈴聲震動著。

在床上的男子緩緩起來把電話的鬧鐘關掉，房門隨即被打開，一個身穿浴袍的性感女子邊擦著她剛洗完的頭髮走進來。

「你的電話剛剛響過幾次，看你熟得那麼香就幫你拒絕接聽了。看來電顯示是是 Robert 打來的，你睡醒就給他回電話吧。」她這樣說。

「嗯。」男子還沒睡醒，迷迷糊糊的回應。

「怎麼了?平常也不見你睡得這麼深，太累嗎?」女子有點擔憂的問道。

「可能吧。」男子坐起來接著說。

「還是說……是那東西的效果?」女子帶著疑惑的問。

「不是啦，我沒有在用。」他否定了女子的話。

「那你有做夢嗎?」女子半信半疑的繼續問道。

「有。」男子就滿足她想要的答案般回應。

「果然是有關係吧?」女子驚訝了。

「不是啊，你第一天認識我嗎?我有哪天不做夢的?」男子略有嫌棄的說。

「也是……那你夢到甚麼了?」她試探般問對方。

「沒甚麼。」男子像不想說那樣。

「真的嗎？」女子就再問了一下。

「就小時候的事情而已。」男子像敷衍般帶過。

男子從床上下來，繞過了女子的身旁離開房間，被女子反手拉住。

「你不要騙我，我們是一伙的。」她認真嚴肅的說。

「嗯。」他頭也不回的踏出房門。

為了讓自己清醒過來，他洗了一個比平常更久的澡。

「又會突然想起小時候的事情，就像昨天才發生，可是卻那麼遙遠……」

「真的會關它事嗎？是 Vivian 想太多了吧。」

男子思考著剛剛的夢境。

剛剛跟我在一起的女子是鄭詩安，是我從小一起玩到大的青梅竹馬，兼現役女朋友。因為小時候住在附近，上同一所學校，所以一直都在一起。我們從中學時候就已經認定了對方，就一直交往到現在。我們現在正在同一個研究室內工作。

她剛剛說我做夢是因為被某東西影響，那東西指的就是我們正在開發的一個有關夢境的程式——美夢販賣機。她為了陪在我身邊跟我一起實現我的夢想，所以才選擇了跟我一起唸同一科，一起成立研究所，共同研發這個能把記憶賣掉，換成一場如真實般的美夢。

我從小就對夢這個東西很有幻想，也喜歡作夢。其實我曾經認為睡眠是多餘，浪費時間，但後來我想到只要把睡眠時間變得有意義就行了。好好的做一場夢，一場能讓晚上休息的時間同時享受的夢。

有很多人都會說「每次醒來就會把夢境忘記得一乾二淨」。我從小就比較特別，每次醒來夢境都記得一清二楚，也許是因為這樣，我比其他人更喜歡發夢。因為在夢中的世界是沒有不可能，所有的事情都是幻想出來，不是真實。在夢中甚麼事情都可以發生，我可以當總統、我可以在天空飛翔、我可以穿越時空……只要是能想像到的都可以在夢中發生。

記得小時候每次跟媽媽討論我夢境的時候，也很喜歡問她：「你的夢境是甚麼啊？」然後她總會說「夢到你年年考第一、科科取滿分」。我不知道她是不是真的夢到這樣的情境，但我知道現實中我從來沒有過。

也許是因為在現實中從來沒有做到，直至到她離開之前也從來沒有做到……

所以更讓我感到無限的遺憾……

我很想在她知道的情況下滿足她一次，奈何這已經成為了永遠也不可能的事情。

剩下的就只有讓我能自我滿足，就是把這一切在夢境中完成。

也許是因為她的離世太過突然，我才會這麼不顧一切，想要堅持研發美夢販賣機。想著世上也許有很多跟我一樣，因為有遺憾、因為想遺忘、因為做不到等等在現實中沒法達到、沒發實現的夢，我希望能創造出一個可以安撫這些人的心靈的世界。

我就是帶著這個理念去研發一個有關夢的程式，希望能創造一個可以讓人們獲得短暫快樂的東西，也就創造了美夢販賣機。就像是某一天我在電影院中看了一場很有趣的電影，而在看那場電影的兩個小時，我真的能夠忘卻一切煩囂，實實在在的代入電影世界中。所以我的研究是希望人們能有一個他們渴望的美夢，滿足他們在現實中無法實現的渴求。

我就帶著這麼簡單的信念一直堅持與研發，直到半年前我們的終於成功了第一次的實驗。這半年來我們一直在尋找更多的用家去試用美夢販賣機，並從中找尋更多的可能性和變革。雖然使用的人不多，但我們能知道的部分是那些使用者都願意繼續使用。

「你剛剛找我嗎？」我洗完澡後回了電話給 Robert。
「嗯，有一點狀況出現了在你上次給他美夢販賣機的男孩。」他用平靜的聲音說著。
「有一點狀況？」我有點疑懷地問他。
「你先回來研究室，我再跟你說明吧。」聽起來像是不太緊急的事，但我懂這個人，他任何時候都表現得冷靜。
Robert 是我兩年前找到的合作伙伴，他是個神經學家。因為美夢販賣機當中有太多與腦神經系統相關的地方，雖然我為了創造美夢販賣機早就在這方面有鑽研，但他才是這方面的權威。他是一個很冷靜的人，任何時候都是，總是清醒又能幹，所以我很信任他。
我第一次找到他的時候，是個不好的日子，那晚，我在醫院找到他未婚妻所在的房間時，醫護人員說她剛離世。正當我帶著失望的心情準備離開，卻在房門外面看到他。那一刻我重燃希望，卻在猶豫是否應該在這時候說，或許還會被揍一頓。只是我自從去過他研究院，他的同事說他因未婚妻入院而暫停了所有工作開始，便一直到處找他。
考慮了片刻，想改天再聯絡他的時候，我看到他一個人、看起來無比的平靜，外人看絕對不會覺得這是一個剛失去另一半的人應有的狀態。也許是因為他這份處變不驚的態度，才讓我有了那麼可靠的同伴。如果不是他看起來那麼平靜，任誰都不會選擇在別人有這種經歷的時刻找對方談工作。但假如我當日沒有冒昧上前找他，相信隔一天再找他，他已經不會答應加入我們。

在我鼓起勇起走到他面前，才近距離看到他的臉。那可不是一個平靜、冷靜的眼神，而是有著數之不盡的後悔、內疚、自責、絕望的眼神，卻還在拼命擺出一副我很冷靜的姿態。

但已經走到面前了他面前，我也只能接著開口說話。

「抱歉，看來我找了個最差的時候來。」

「沒關係，坐吧。」他很有禮貌、很紳士，卻無法掩飾他混亂的內心。

「現在方便說話嗎？不然之後再說也可以。」

「現在吧，或許我不會再有比現在更平靜的時候。」不，現在的你一點也不平靜。

「那我直奔主題了。我想邀請你加入我們的製作團隊。」

可是，現在是最好的機會，因為當你真的平靜時，就會覺得我是無諧之談。

「我有自己的研究團隊了，沒有打算加入其他團隊。」

「我們是創造，你們是鑽研。一直停滯不往前走的話，會錯過所有可能。」

原諒我的乘虛而入、原諒我的乘人之危，將來你會知道這是明智之舉。

我遞了卡片給他，拍了拍他的肩膀後離開。

我當時想著，三天內他會找我。

可是我沒想到，他當天晚上就打過來了。

我原以為當晚他是在忍耐著崩潰的狀態，但當我接起電話時，他說：「是我，來談談吧。」

我才知道他是在拼命忍耐著失控的狀態。

「你剛剛說那個男孩出了狀況，是怎麼回事？」我知道事情一定不會這麼簡單，所以有點焦急地問他。

他從電腦播放了一段那個男孩在醫院裡跟他媽媽說話的片段。

「……媽……媽媽……飯……機機……」

片段中男孩斷斷續續的說出一些單字。

是我把程式給這個男孩的，就在我們首天試驗成功的時候。

「他發生甚麼事了？」我震驚地問。

「他一次過換掉了三年的記憶。」他依舊用一種平靜、事不關己的語調說出。

「甚麼？三年？」被三年這個詞嚇到了我。

「是的。或許我們應該限制一下每次交易的記憶數量。」他回避了關於男孩的話題。

「不，現在應關注的是那個男孩！他怎會變成這樣？是一下子忘掉三年的記憶，變成失憶嗎？可是失憶不會連話也說不出！這情況很糟糕，他家人很擔心吧！」我緊張地說出重點。

「不對，那個男孩很聰明，他選擇了兒時的記憶作交換，所以一般來說不會覺得他是失憶了。」他沒有一絲動搖，繼續陳述。

「你的意思是？」被他說得好像甚麼事情也沒有，也令我有點混亂了。

「關鍵就是他換掉的那三年記憶，讓他整個腦中的語言系統失衡了。」他看著我說。

「你這樣說得我有點不能理解。」他說得太公式，我忽然理解不到。

「我舉個例子，我搭了一層很高的積木，然後我把最底幾層都抽走了，會發生甚麼事？」

他同步搭起平常在研究室內玩的積木。

「會倒下？可是這有甚麼關係？」我繼續向他提出疑問。

「沒錯，會倒下。」他一手把最底幾塊積木掃掉，然後繼續說。

「一個人的語言是從小透過與人溝通去學習和模仿，從而逐點累積起來，才能形成語言。而他現在的情況是，他選擇了不要的是在那段語言學習階段的記憶。就像是一座城牆沒了基石，倒下了。剩下只有零零星星的碎片，在外人看來他大概會像有失語症那樣。因為現在他的大腦無法組織出他想要說的語言。」

不，這不該是能這麼冷靜說出來的話，這很嚴重，已經是屬於失誤。

而且我在設計美夢販賣機時怎麼沒想到這點……

「等一下，那個男孩現在在哪？」我緊張問。

「在醫院吧，大概會進行一堆檢查，然後查不出原因，最後家人被院方以有很多疾病是無法以現今的醫學知識解釋之類的原因打發走吧。」

「你怎可以現在才告訴我！？」我激動地問他。

「就算早一點告訴你也沒有用，已經改變不到甚麼的。而且，我一早跟 Vivian 說了。」

「甚麼？她沒跟我說。」她完全沒有跟我提起過。

「還有的是，這些你應該一早預料到才是。」他突然很認真的看著我。

「啊，我太忙，忘記了跟你說。抱歉。」剛走進來的 Vivian 用一副根本沒所謂的態度說。

「這不是能忘掉的事情吧？」我不想責怪她。

「我們能把那些記憶還給那孩子嗎？」我現在只想解決問題，想幫那男孩回復原狀。

「這很困難的，硬生生地抽走了的記憶突然一下子又再塞回去，做成精神錯亂的機會更大，嚴重的話他會整個人的神經系統都崩塌，所以我不建議。不過我們還是可以在這方面研究一下的，也許將來會能做到，復原這些記憶。」

「我覺得我們要先暫停美夢販賣機，因為它現在出了很嚴重的問題。」我很認真地說。

「暫停？你傻了嗎？」Vivian 立刻反駁了我。

「現在出了很嚴重的事故，怎麼你們都好像不緊張的樣子？那個男孩還在醫院！他現在連話都說不出來！」

「對，你先冷靜一點。只是我們也不能因為這樣就把美夢販賣機暫停，這只是一個失誤，我們不想的，沒有人想的。我們只要把它修正過來就是了，對不對？現在把美夢販賣機暫停也改變不了任何事，對不對？還有很多人需要美夢販賣機，我們不是想給更多人帶來幸福的夢境嗎？這次只是一個意外，我們能吸取教訓，把美夢販賣機改良得更好，對不對？而且那孩子只是沒了從前的語言基礎，他以後慢慢重新學就好了，不用擔心嘛，我們以後不犯這種錯誤就行了。」她用一種哄小孩的語氣跟我說，因為她很清楚，我總是會聽她說。

「與其想著把美夢販賣機暫停，不如把錯的地方修正過來這點說得對。或許我們把程式設定得太過寬鬆了吧？要不就直接把它設定成每次只能換一天的記憶，還有就是八歲以前的記憶不能忘掉吧。這些應該不難做到吧？」他輕描淡寫似的說出了現時能做的補救方案。

因為我不能責怪他們，這次的失誤都是由我一手造成，是我太自我，把一個剛完成的程式就亂給別人使用，明明都還沒穩定下來。

這個男孩是被我害了……

最後，在無計可施的狀態下，我只能默默接受他們的建議，然後開始為美夢販賣機加上一些規則。在那之後，我每想到有甚麼可能發生的意外，就會把美夢販賣機改寫再更多，讓它有了更多的限制。

那天我去了那個男孩的病房，他家人不在，我就直接進去了。

「……吧……機……吧……」

他認得我，他雖然說不出完整的話語，但他看著我的眼神卻很清醒。

所以他就是以這個狀態面對家人、朋友嗎？

該有多心痛，看著眼前關心自己的人，說不到、寫不到，卻一切都知道。

「對不起……」我留下了一句就跑走了，是我害了他。即使 Vivian 說甚麼他能慢慢重新學習，但我和 Robert 都知道真相，學習語言的階段錯過了就很難修復。

「你還好嗎？」

我被身旁的男孩拍了拍肩膊。

「啊，還好，就有點累睡著了。」

那天是美夢販賣機第一次成功運作的日子，在 Robert 販賣記憶後睡著那個晚上，我整夜都沒有睡。我怕他出甚麼意外，也怕這麼久以來的心血還是終告失敗。可是我成功了，我們成功了。

我很高興卻又有種心塞的感覺，不太清楚自己狀態的我那天離開了研究室，想找個地方靜靜，也不知為甚麼會去了網吧。我沒做甚麼，只時隨便開了電腦上的遊戲，坐著發呆，不知不覺就睡了。

「你還好嗎？」我就是那一刻遇上了那男孩。

如果那天我沒有走去那網吧，如果那天他沒有不幸地遇上我，今天他就不會被我害得如此下場。

「啊，還好，就有點累睡著了。」被叫醒了的我這樣回應他。

「你要不要一齊玩？我們差一個人。」他邀請我一起玩遊戲。

「啊？我不懂玩的。」大概是我開了遊戲被誤會了。

「沒關係的！我 carry 你！」他這樣說。

我玩得亂七八糟，甚至都不知道自己有做過甚麼，可是卻贏了。

「不是玩得挺好嗎？」他安慰我似的說。

「大叔你就回家睡吧！家人該擔心你了！我看你都是跟我一樣一事無成的樣子吶！雖然你不出色，但也沒有當豬隊友啊！所以不用那麼寂寞的一個人屈在這裡了！快回家吧！」

人細鬼大這句話我今天算是見識到了，我這份不知所措的心情或許是因為我沒有能分享我把夢想實現那喜悅心情的人吧。可是我居然就這樣被這小男孩安慰到了，哈哈。

我看著他大笑，然後搭著他膊頭說。

「你看著我。我、是、哥、哥。你爸才大叔。」

他一臉無奈，好像還有點想揍我似的。

「好喇，謝謝你這小子！還懂安慰人呢。送你一個我剛完成的小禮物，希望你也能分享到我的那份喜悅吧！」

他一臉茫然的看著我，然後我就走了，因為我還有唯一的親人，我的女友可以跟我分享喜悅。

如今想起來，我真的錯了。那才不是甚麼禮物，我把活生生一個年輕的孩子推上了一條不歸路。

我應該怎樣把這錯誤修正過來，我必須對這孩子負上全部責任。

可是現在的我能為他做甚麼呢……

「小安。」我抱著Vivian，叫出我從小就那樣叫她的名字。

「怎麼了？很久沒聽你這樣叫我了。」她有點訝異，卻沒有拒絕。

「我現在做的事，真的對嗎？」我有點撒嬌地問她。

「你指的是甚麼啊？抱著我嗎？」她半開玩笑的說。

「抱你當然對了，但我說的是美夢，真的是對嗎？我想給人們帶來的美夢，會不會最終只成了一場沒法抹去的惡夢？我最近都這樣想。」我把她抱緊了一些。

她轉過身來，像安撫愛撒嬌的小孩子般摸摸我的頭。

「傻瓜，那個夢是美夢，還是惡夢，不是由我們來定義的。只有做夢的那個人才知道，我們給的只是他們想要的東西，而且無論結果如何，夢終究會醒，夢終究是一場夢。」

「想不起來到底是甚麼時候做錯了呢？到底因為甚麼而被討厭了呢？」

Case 12

笑臉

「為甚麼你們要這樣對待我？」在地上那臉上滿是瘀傷的女孩委屈地說。

「我們有怎樣對待你了嗎？」另一個人用一臉我也用委屈的態度回應。

「我到底做錯了甚麼啊？我甚麼都沒有做過！還是說我說錯了甚麼嗎？你不如就直接告訴我，讓我道歉好嗎？」女孩忍著眼淚，希望能與朋友和好。

「是呢……到底你做錯了甚麼呢？」站著那女孩像真的不知道似的笑著說。

「我只是想跟大家成為朋友……」地上的女孩抬頭看著圍著她的女生。

「喔！對啊，我們也想呢。」站著的女孩笑著說。
「那為甚麼要這個樣對我？」女孩像是放棄了似的說。
「當然是因為我們是朋友啊。」一句最諷刺的話從她口中說出。

我是劉嘉欣，今年十六歲，正就讀小區內的一所中等排位的中學五年級。在校內的成績一直都位於中上水平，不過不失。家人對我也沒有特別大的要求，但求我能順利入讀大學就足夠了。而我對自己也一樣沒有任何特別的奢望，只是想順順利利的過了這個中學生涯就足夠了，只是現實卻總是事與願違。明明過往幾年也沒有發生過甚麼事情，可是為甚麼突然中五的這一年卻一切都改變了呢？

記得中一那一年，在正式開學之前參加了學校的暑期入學迎新課程。當時剛從小學畢業的我，其實很多東西都是不懂得的，例如為甚麼要選這所中學，接下來要面對甚麼等。

那是一個炎熱的夏天，仍然未有中學制服的我，穿著一身簡樸的便服，第一次進入這個課室。因為是第一天上課，媽媽一大早就把我叫醒，亦因如此我比其他同學早到學校。還記得在打開課室門的時候，課室內空無一人，連課室裏的燈、風扇和冷氣都還沒有開啟。於是我便開啟了燈和冷氣，隨意找了一個窗邊位置坐下，靜靜等待其他同學到來。

從小我就不算是那種很主動的人，所以當班上的同學越來越多的時候，我也沒有主動跟任何人搭話。明明是最先走進課室的我，卻沒有跟接下來進入課室的任何一個同學打招呼，甚至連對望也盡量迴避了。

直至那一個看起來很活潑，一看就知道是成績很好、很討老師喜歡的那種類型的聰明女生，她坐到我旁邊的位置，然後跟我搭起訕來。

「你好啊！你旁邊位置有人嗎？我可以坐嗎？」

「啊……應該沒有，你坐吧。」

「那就好了！差點要遲到了我！多擔心沒位置坐。」

「啊……應該不會沒有位置的，我想是按人數分了班……」

「哈哈哈！也對喔！」

她就這樣突然坐到我身旁，然後一整個傻呼呼的感覺，散發著熱情卻讓人感到親近的氣息。連同為女生的我也覺得她很可愛，以後她應該會有很多男同學想追她吧。

「對呢，我是林美曦，你可以叫我美曦喔。」

「我是劉嘉欣。」

「哇，你名字好好聽喔！美曦！」

這就是那年夏天我跟她初相識的經過，亦因為這個初相識，讓我以為自己交到了中學生涯中最要好的朋友。

從那天開始，我們的關係變得越來越親密，小息、午飯、放學後，甚至是放假的日子我們都走在一起。偶然她會來我家一起做功課溫習，也會一起說哪一個男同學很帥氣。在其他同學眼中我們也是最要好的朋友。

因為我們從初中就是好朋友，為了能跟唸上同一個班級，在選科的時候還特意選了跟她一樣的科目，只是為了之後也能唸同一個班別，直到畢業。

明明一切都是想得如此美好，可是一切卻不知為何會突然在中五的這一年變了……

在中四升中五的這一個暑假中，她說要為來年選科做準備，家人為她安排了很多補習班，沒甚麼時間與我見面，所以差不多一整個暑假我也跟她沒有聯絡。我不時給她發訊息，她幾乎都沒有回應過。

這天是中五的第一天開學日，隔了一整個暑假沒有見面的我們再次重聚。我一大早就回到了學校，準備好迎接我這個好姊妹。

她一步入課室，我就高興地喊她的名字：「美曦！過來這邊啊！我幫你留了位置！」

但是她好像沒有聽見那樣坐到其他位置。

於是我又再次更大聲地喊了她的名字，還揮著手示意她過來。

「林美曦！這邊有位置喔。」

這次的聲響，我相信全班的同學都能聽見，而且還喊了她的全名，所以即使在班上大家聊天的聲音十分嘈吵，但我相信她也是能夠聽到的。

此時她終於回過頭來，我立刻笑著跟她揮手。

可是她居然回頭給了我一個微笑，然後就坐到其他位置了。

怎麼了啊？她是不想坐這邊嗎？

「鈴——」上課的鐘聲響起了，在我還沒來得及過去跟她搭話前，老師就進入課室了。

那我只好等待小息的時候再去跟她聊天吧。

可是事與願違，小息、午飯、放學的時候，她都用最快速的時間離開了。

她趕著要去哪裡啊？難道她在暑假時交了男朋友沒告訴我？

沒辦法跟她對話得上的我只好發訊息給她。

「你在哪喔？」

可是我只換來了一個已讀不回。

她從前都不會已讀不回我的，是因為暑假的時候我也沒怎麼回訊息嗎？

於是我在想，難道我甚麼時候惹她生氣了？甚麼時候開始她沒有再理會我呢？但我又想不起甚麼時候惹她生氣了，也想不起自己應該沒做甚麼惹她生氣吧……

該不會是我們太久沒有見面，所以她有點不習慣？

想不通的我決定還是當面向她問清楚好了。

在第二天的小息時間，老師也說了下課後，我就立刻衝到她的座位前面。

「你在生我氣嗎？」她呆了一下，看了我一眼，然後笑著跟我說：「沒有喔」，然後就轉身離開了。

雖然她嘴上說著沒有，但她故意避開我也實在太明顯了……但不知道原因的我，想著或許只能對消了氣再跟她說話吧，現在就先不要再打擾她了。

然而日子一天一天的過去，距離開學至今已經有兩星期了，她還是沒有再跟我說話。不但如此，除了她外，也沒有其他人跟我說話，大部分同學都好像在迴避我一樣，基本上都不會跟我說話，彷彿我是甚麼病毒帶菌者一樣……

我就像是一個孤立無援的人。

不對，應該說我就像一個不存在的人。

每一節課堂的分組小組活動，大家都不想跟我組在一起，每次我都是被老師安排到某一組，就像誰都不想要我一樣。我就像是要倚靠老師的威嚴，才有資格分配到一個組別內。假如沒有老師指定我進入組別，大概我會一直自己一個人一組。

我開始懷疑是不是自己做錯了甚麼？

我開始懷疑是不是我無意間說錯了甚麼？

我甚至開始為自己想藉口，開始為自己想錯處。

是不是我成績不夠好呢？是不是我體能不夠好呢？

是不是我說話不夠圓滑呢？還是說我長相不討好？

我真的不知道自己到底做錯了甚麼，為甚麼會落得全班同學都開始排擠我起來。

我想，或許我最好的朋友會幫我。

於是我去了找美曦，我問她你知道我做錯了甚麼嗎？為甚麼大家也好像不喜歡我？

她竟然一臉愕然地跟我說：「咦？有嗎？沒有吧。我覺得大家都好好喔，是你多心了吧。」

然後拍了拍我的肩膀。

說實話，她這一拍，拍得我心都寒了。

我第一次覺得這個人如此陌生，她是我曾經很熟悉的那個好朋友嗎？

我沒法制止自己，淚水就從雙眼流出來了。

為甚麼她能用如此真摯的表情說出這麼虛假的說話，為甚麼她能說出口呢？

為甚麼我第一次覺得這個最熟悉的人那麼恐怖呢？

在暑假的某日補課，學校某一層無人的走廊上，有個女同學向心儀已久的男同學告白。

「那個，阿翊，其實我喜歡你很久……」她帶著害羞的語調鼓起勇氣說出口。

「……咦……啊……那個……」面對突如其來的告白，男生顯得不知措。

「阿翊你一直都很溫柔又很善良，對所有人都很好。做任何事情都很認真，我記得我喜歡上你那天，你特別的帥氣。你跟鄰班的棋洛一起彈結他，雖然大家都注視著他，但我的視線卻沒法從你身上離開。難怪別人都說會結他的男生都特別有魅力。從那天開始，我就一直注視著你。我是真的很喜歡你，你可以考慮一下當我的男朋友嗎？」女生用懇求和期待的目光看著眼前的男生。

「……那個，可是，其實我……」看著眼前女生期待的樣子，他有點不敢把話說出。

「……是？」女生好像期待著對方會說出一句我也喜歡你似的，可是事實總是事與願違。

「就……我……好像有其他喜歡的人了。」最後男生還是狠下心腸，直接說出拒絕的話。

「……咦……那個……是誰？」女生似乎死不心息的繼續追問。

「啊……這個我不太想說。」男生顯得無奈，畢竟他心裡是覺得自己喜歡誰也不用跟這女生交代。

「該不會……該不會是……」女生像忍耐著甚麼似的斷斷續續說出。

「……是……？」男生似乎也害怕著會被猜到甚麼的緊張起。

「是嘉欣嗎？我看你們特別熟，你們玩一起的時候也特別開心……」女生終於把忍著的話說出口。

「……啊？嘉欣……確實還有點熟的，她挺有趣的。」男生似乎鬆了一口氣的回應。

「我就知道……我就知道你看她的眼神不一樣。」女孩拋下一句後調頭就走了。

男生似乎有點無奈的看著跑掉的女孩。

女生走掉的方向迎面有另一男男同學正在過來。

「阿翊！你在幹嘛？我在找你呢！」那男生這樣說。

「我正準備走。」阿翊急忙的回答。

「那是你班的女生吧？你弄哭人家了？」他帶著壞笑的問道。

「我……我沒有啊，她就突然哭了，不關我的事啊！」阿翊像在撇清關係似的解說著。

「你……該不會被告白了吧？」男生一語中的說穿了。

「才不是吶！才沒有被告白！你別亂說了！」阿翊像怕被誤會甚麼似的連忙否認著。

「那你走不走？不走我先走。」男生轉身就跑起來。

「你小子等著我！李棋洛！等著！」阿翊就追起他上來。

在同層女洗手間中，剛跑著進去的女生一直在哭，她不斷地想。

我告訴過你我喜歡他，我把你當成最好的朋友。你怎能這樣對我。我就說你不要跟他走太近，還說甚麼幫我打聽他喜歡哪類型的女生？屁喇。其實是你喜歡他吧。像你這種女人真的很可怕，表面上裝得跟我很要好，擺出一到善良的虛假姿態，背地裡卻是長著另一張臉孔。我居然還真心真意把你當成朋友那麼久，我也太笨了吧。可是我不會再這樣傻傻下去，我不會再相信你這種表裡不一的小人。

「你知道她們兩個為甚麼吵架了嗎？之前不是很要好的嗎？」
「啊，嘉欣不是整個暑假都沒回來學校？」
「是啊？她家裡有錢，自己有私人補習嘛，那怎麼了？」
「不是的！好像是說她懷孕了，去了做手術。」
「怎麼會？她有男朋友嗎？」
「不是跟男朋友的，好像是在外面做收錢的那種。」
「真的嗎？那不是犯法嗎？」
「我也不知道啊，然後美曦好像一早知道但阻止不到她，最後兩個不歡而散了！」
「居然這樣？平常看新聞就多這些案例，怎麼忽然在身邊也會有這人出現。」
「對吧，很噁心呢。難怪美曦會避開她了。」
「那美曦也是蠻可憐的，看著自己的朋友走上這條路。」

自從暑假回來後，中五新學期開始的第一天，我最好的朋友變成了我不認識的陌生人。之後我發現其他同學都在避開我，我最初並不知道是甚麼原因，直到某天晚上，我收到一個不知道是誰發過來的訊息。

「嗨！嘉欣！我是你同班的，聽說你有在做援交，一場相識能給我打折，放心我不會告訴其他人。你想好覺得可以再告訴我價錢！」

我想這就是那個所有人也在回避我的原因吧？

我立刻回覆了他。

「我沒有做這樣事！你不要亂說。」

然後他就再沒有回覆我，我在想，難道美曦也誤會了我嗎？於是我馬上發了訊息給美曦，告訴她我沒有做過這種事，希望她不要誤會我。我想她是我最好的朋友，至少她會相信我，而且我跟她認識那麼久了，她應該知道我不是這種人。

可是她還是已讀不回我，我該怎麼辦好？要怎樣才能令她知道我是無辜的呢？

現在的我覺得好委屈，可是我有甚麼可以做到……

隔天早上我回到學校，看到她在課室，我立刻衝上前想要當面跟她解釋。

「美曦！你聽我說。」

「怎麼了？」她冷冷的回應我。

「我沒有做那種事，你知道我不是那種人，不是嗎？」

「我不知道你在說甚麼。」

「我不介意大家都不相信我，但至少我希望你能相信我。」

「嗯，我相信你。」

她突然這樣跟我說，我像看到黑暗中的一線曙光般。

「真的嗎？我就知道你一定會相信我的。」我高興得緊緊把住了她。

「我當然相信你，因為是我這樣告訴大家的。」她很小聲的說道。

我噩然了，反應不來。

她慢慢推開了我的擁抱。

「我……真的……真的特別想相信你的……」她一副要哭出來了的樣子說。

周遭的同學都看過來了。

「對不起，還是不可以了。」她說完這句就往課室外面跑出去了。

甚麼啊？她剛剛在說甚麼啊？我不懂啊？這又是甚麼狀況啊？怎麼突然就哭了？現在該哭的人應該是我吧？我都還沒開始哭呢……你是演員嗎？怎麼情感這麼豐富，演技說來就來、說哭就能哭呢？

我還在想著的時候，一下耳光就來了。

「嘖！你還要不要臉的？換著我是你早就退學了。」

一個我跟她一點都不熟悉的同學過來摑了我一巴。

這時我的淚水開始反應過來，才開始流下。

伴隨著淚水我的視線在環顧四周，大家都在看著我呢。

我剛剛是被人打了對吧，可是為甚麼大家就只是看著呢？

難道就沒有人想要幫忙我嗎？

沒有呢，這裡沒有一個人想要幫忙我，這裡好可怕，每一個人的眼光都讓我覺得好可怕。大家的眼神都很冷漠，一副事不關己的樣子。就沒有一個人問過我事實的真相，大家都以耳為目，只相信謠言。明明我就甚麼都沒有做過，為甚麼卻要我遭受這種罪……我到底做錯了甚麼，被最好的朋友、最信任的朋友這般對待……？

我就這樣思考著，然後離開了學校，我一個人坐在公園，靜靜的呆望著上空。在想著人的關係怎麼這麼脆弱、人們怎可以在面對與自己無關的事是如此冷漠。我忽然在想起偶然看新聞一些偏遠的地方正在發生戰爭，他們大概也在求救著。可是身在幸福國度的我們，雖然知道這些事正在發生中，但因為沒受到影響，與我們沒關係，所以我們選擇了視而不見、聽而不聞，真可笑。此刻我好像懂了甚麼似的。

「怎麼一個人在這裡，不用上學嗎？」有一把很溫柔的聲音這樣說。不知甚麼時候坐在我旁邊的一個漂亮的姐姐。

「嗯，放學了。」我回答了她，然後我站起來想離開。

沒想到她會一手拉著我。

「那有空陪我聊天嘛，我心情不好。」她用力把我拉下坐回椅上。

我覺得這人相當可疑，可是我也清楚自己沒甚麼能給騙去。

「那你為甚麼心情不好？」我問她。

「我有個很喜歡的人，可是我們似乎要走不一樣的路。」她開始跟我談心。

「所以呢？」我心想，我未談過戀愛，怎知道。

「我在想，自己應該跟他走他想走的路；還是放棄他，走自己該走的路呢？」她似乎真的很矛盾。

「去走自己該走的路吧。」我這樣說。

「為甚麼啊？我很喜歡他，喜歡到都不捨得分開！」聽到我的答案，她似乎不滿意。

「那就跟他走吧。」那選另一個就可以吧。

「可是我覺得那是條錯的路啊！」她又接著說。

「那你想怎樣？」為甚麼在我心情那麼差的時候還跑來一個古怪的姐姐逼著我陪她聊。

「就是不知道，才這麼煩惱啊！」她看起來好像也想哭的樣子。

「那你為甚麼不上學，一個人在這裡哭呢？」她突然轉換了話題。

「我哪有不上學。」生怕被發現我逃學了，我立刻解說。

「現在才九點，放學也放太快了吧？」她看著手機這樣說。

「這……」我無言以對。

「如果能用快樂的記憶換走難過的回憶，你覺得怎樣？」她突然又轉換了話題。

「能這樣就好了，那這世界就能只剩下快樂。」我聽著她說出莫名奇妙的假設，卻也希望能有這種好事。

「可是如果這樣要付出其他代價呢？」她苦笑著問我。

「那也沒辦法吧？總不可以甚麼都不用付出就一直有收獲吧。」我中肯的告訴她。

「也是呢，所以這很合理，對不對？」她似乎想獲得我更多的認同。

「對，就像你想食好吃的料理，也要付出較高的價錢吧。」我繼續按她想要的方向答。

她靜靜的看著我，然後對著我微笑。

「謝謝你，我好像解決了一個很大的煩惱，那我走了。」她把我用完即棄似的，就起來準備離開。

這次輪到我拉著她了。

「帶著喜歡的人走該走的路吧。畢竟做人不能讓喜歡的人一直錯下去吧。」我這樣跟她說。

她這次真的呆住了。我回了一個像她剛才給我的笑容之後站起來，然後離開。

「你今天去哪裡了？學校打來找我。」我媽激動地問我。

「搭巴士的時候睡著了，然後搭到總站才起來，已經九點多。」我編出莫名的藉口。

「那你之後也可以回去繼續上課啊！」她生氣了。

「遲到比請假，會留更差的紀錄。」我這樣說。

「但你現在是逃學！」她繼續說。

「反正學校打給你時，你一定是說了，啊，不好意思，她今天生病了，我忘記幫她請假之類的話吧。」我敢打賭，我媽一定是這樣跟學校說。

之後她就沒說話了。

洗過澡後，我在房間裡一直想著，現在的我該怎麼辦呢？明天上學的話又要繼續面對那些同學嗎？我不想。那要不要跟媽媽說呢？算了吧，她一定會覺得我這樣是在惹事，她只想我安分唸到畢業。可是這樣真的可以嗎……這才上學期，我能撐到明年畢業嗎……

「叮叮——」突然傳來電話的訊息提示聲。

我解鎖了電話，螢幕彈出了「下載完成」的訊息。

「美夢販夢機」

這樣的程式出現了在我的手機。

我直接就點開了它，我粗略的看了一下。我沒有深究為甚麼會突然出現這個程式，也沒有深究它到底是甚麼東西、它所說的功能到底是不是真的，可是我就這樣使用了它。

「請確認你的訂單

選購的夢境類型：隨機

販賣的記憶日期：2016年9月21日00時00分00秒

＊請於按下確認後盡快入睡，

如未能於二十四小時內入睡，

當天將不會出現美夢，而已販賣的記憶將不獲退回。」

我沒甚麼特別想要做的夢，我只是想忘記今天的事情，我祈求著這程式的真實。

「嗚哇——」我伸了一個大大的懶腰。

昨晚做了一個很有趣的夢，遇上了一隻會說話的小狗，超可愛的，看著牠就覺得很治癒，最近的難過都消除了，真好。帶著很好的心情回到學校，看到走在前面的美曦，我才想起自己昨天收到不知誰傳來的訊息，我立刻上前想跟她解釋。

「美曦！你聽我說。」

忽然有人從我背後拉著我的頭髮。

「你煩不煩？不是告訴過你乾脆退學算了嗎？怎麼又回來纏著美曦。」

下一秒我被推倒在地上。

我覺得莫名奇秒，於是我站起來，往她身上推回去。

然後就演變成我被圍毆的局面，不知哪一刻我放棄反抗，昏倒了。

最後我醒來時已被送往醫院。

一醒來看著我媽，她憤怒地打我。

「你怎麼能幹那種事？你需要錢不會跟我說嗎？你不上學是跑去做不知廉恥的事嗎？」

在旁邊的班主任拉著她。

「冷靜點，我們慢慢來。」

然後我媽就一直在哭。

我甚麼都沒說，不想解釋、也不願解釋了。信任你的人就會信任你，不信任你的人怎麼說都不會信任你。他們沒有人來問我，就只聽他們的說辭。他們說是我先出手打人，他們說因為我被發現了做援交而惱羞成怒打人，他們說其他人是來阻止我，可是沒有人問我到底怎麼了，沒有人問我有沒有做過，沒有人問我為甚麼受傷。他們都認定了，他們都不相信我。

我媽跟校方也希望能息事寧人，我媽還主動提出了幫我退學，明明我是她女兒，怎麼可以就只相信其他人的說法，看著受傷的我居然還能不追究。不過這也好，我也不想回去那地方，而且似乎世界上也沒有人會站在我這邊對吧。

晚上我一個人在醫院，因為我有昏倒過，所以醫生讓我留院觀察多一天。

「叮叮——」訊息的提示聲。

難道是還有誰在關心我嗎？我立刻解鎖手機看看。

「恭喜你，完成了美夢販賣器的初次體驗，
你現已進級為等級二之會員及獲得八分積分，
系統已為你解鎖更多功能。」

是來自美夢販夢機的訊息，啊，對啊，我昨天有用過。咦？昨天？是昨天嗎？怎麼好像怪怪的感覺？我打開了程式，對啊，我昨天用過。我賣了昨天的記憶！所以昨天是發生甚麼事情了嗎？一定是昨天發生了甚麼事，我今天才會變成這結果吧？可是我記不起來……

但沒關係了，不管發生過甚麼事也沒所謂，因為現在的結果是所有人都離棄我了。

我按著電話，想起昨晚夢見的小狗，我想牠應該是站我這邊吧。

「請確認你的訂單

選購的夢境類型：隨機

販賣的記憶日期：2016 年 9 月 22 日 00 時 00 分 00 秒

＊請於按下確認後盡快入睡，

如未能於二十四小時內入睡，

當天將不會出現美夢，而已販賣的記憶將不獲退回。」

我又再一次隨意的選擇了。那天後我每天都重複著同樣的事，每天都會把前一天的記憶賣掉，這樣我的記憶就會停留在甚麼都不知道這那天。還沒有被所有人遺棄的那天。而對我來說作甚麼夢都沒所謂，我只是想去另一個世界，一個有人站我身邊，相信我，會聽我說的世界。只要讓我能忘記在現實裡所有難過的事，說甚麼都不重要了。

模糊的視線、濕透的枕頭、神秘的程式、被背叛的我、不想醒的夢，就這樣讓我睡下去吧。

「有時候神會跟你開一個小小的玩笑，讓你跟一些人永遠的錯過。」

Case 13

缺口

「都怪你。」她這樣說著，然後一掌摑到我臉上。

「下？我做甚麼了？」我沒法理解自己突然被打臉。

「他說他喜歡的人是你，所以要跟我分手。」她一邊哭一邊說。

「他？棋洛？你們怎麼了啊……？」我沒法理解她的說話。

「他就把我當成代替品……」她不停的哭。

「那個……呃……你先別哭……」最怕女生哭的我變得手忙腳亂。

「你們嘔心死了！」她拋下一句就走了。

「啊？我做甚麼了嗎……」我無奈的站在原地。

我是蔡翊信，今年十八歲，正在唸大學一年級。剛剛那個女生，是我中學時期最好的朋友，李淇洛的女朋友。其實我自從中學畢業後就很少跟棋洛見面，一來是因為我們不再在同一所學校，二來是因為他有了女朋友，我也不敢常常打擾他。但當我聽到他女朋友剛剛的那翻話、被她摑了的一巴掌，比起難過，我更多的是高興。因為李淇洛，他是我喜歡的人。

那是在午飯後的休息時間，我吃飽飯後坐在操場發呆。

看著球場上的人，我想不明白，為甚麼大家都喜歡打籃球，天氣這麼熱，又累，又曬，一個二個整身都是汗水，還要一直的互相碰撞，哇，受不了受不了，超噁心的。

不想看了，我去小食部買了一支雪條吃，想要在這炎炎夏日中獲取一點涼熱。

「喂！小心球！」從操場傳來的大聲呼喝。

剛才小食部買了雪條準備吃第一口的我轉過頭看向聲音來源。

「呼——」籃球不偏不倚的正中我臉，雪條順著我的手一起倒到地上了。

我一時站不穩，整個人向後坐到地上後，直接躺下。

我望向天空一直在想，臉很痛、屁股很痛，手卻很凍。

太陽很刺眼，很熱、很討厭，一切都很討厭。

所以說，我才這麼討厭夏天，汗水、雨水，所有的一切都很——髒。

可是那一天，卻又好像有一點不一樣，因為那天是我們第一次相遇。

「你還好嗎？」那個人的臉龐出現在我正上方，把猛烈的陽光完全遮蓋了。

他穿著籃球校隊的背心，頭髮明明都沾滿濕濕的汗水，明明就應該覺得很噁心，可是……很帥。

在我還在迷糊中，他一手把我拉起來了。

「啊，對不起，我以為你能避開的。啊……你流鼻血了，我帶你去醫療室吧。」他一下子讓我把手搭到他膊上，就把我半推半拉那樣往前走。

「還好嗎？」球場上的其他男同學問道。

「幫忙清理一下地上的，我先帶他去醫療室看看。」拋下那句話就一直沒回過頭的他。

他讓我坐在醫療室的病床上。

「老師不在呢，我去拿點敷料給你。」他就走到裡面翻。

「可以這樣自己翻東西嗎？」看著他把醫療室當成自己家般翻有點擔心就問他。

「啊，沒事的，我常來，有了。」他拿著冰袋高興的過來。

「哇，很大一個球印，哈哈哈哈。」他看著我像傻瓜般笑著。

「可以打你一拳嗎？我發誓不會打死你的。」我覺得這人真的很欠揍。

「啊！」臉上一下充斥著冰凍和疼痛感讓我大聲叫了出來。

「哈哈哈哈！你會不會太誇張？你這人好搞笑啊！」他無視我的慘狀，繼續幸災樂禍的把冰敷往我臉上擠。

「好喇，你自己拿著啊。我去找老師登記一下，對了，你的名字是？」他準備踏出門口卻又回過頭問我。

「蔡……蔡翊信。」

他回頭那一刻也很帥，上天怎麼這麼不公平，又高大又帥氣，跟我完全不是同類型的人。

「怎樣寫？」

「姓蔡的蔡，立字旁加羽毛的羽寫成的翊，信件的信。」

「噢，你的名字好酷。」

「班別呢？」

「4A。」

「啊？你跟我同級啊！怎麼對你沒甚麼印象。還以為你是新生，長得這麼瘦弱。」

「……你……你才瘦弱，你全家都瘦弱。」

「哈哈哈，白痴啊！快點敷著啦，遲點再找你賠償啊！」

然後他就走了。

那是我們的第一次見面，他充滿汗水、一身汗味，很容易就會自己在大笑，像個白痴似的，可是卻不讓我討厭。

「蔡翊信！」

在我還在整理我的書包準備下課的時候，突然從課室門外傳來叫聲。

是那傢伙，又怎麼了啊……

「你好點了嗎？」我走到課室門前那傢伙這樣對我說。

「不好，要賠點醫藥費嗎？」我嗆回去。

「那再敷一下吧。」

一陣冰冷感出現在臉上。

「雪條？」我接過臉上冰冰的雪條。

「嗯，今天害你不能吃，現在還你吶。」他這樣說完就走了，我連他名字都不知道呢。

「你認識李棋洛嗎？怎麼他會請你吃雪條？」同班的女同學突然過來問我。

啊，原來他的名字是李棋洛嗎？

「他真的好帥氣喔！他是籃球校隊，又高又帥，他有沒有女朋友啊？」女同學們突然一窩蜂的衝過來問的。

「我跟他不熟，只是剛好有一點過節而已。」連我作為男人也覺得他帥，女生們會這樣想也不奇怪。

原以為我們的關係就這樣會結束，可是那天開始他卻老是常出現。

「喂！阿翊！你怎麼在這裡？」他突然一副跟我很熟的樣子叫我。
「你怎麼突然這樣叫我？」我面對很少有人這樣叫而驚訝了。
「應該你身邊的人都會叫你阿信吧，所以我要叫點不一樣的。還是你想我叫你小翊？我都可以的。」他用這種自來熟的態度跟我說話，讓人怪害羞的。
「不……不用了，就阿翊吧。」要是被其他人聽到他叫我小翊，以後又要被嘲笑了。
「小翊你學習很好嗎？」他轉了話題問道。
「叫我阿翊就可以。」可是關鍵還是名字的叫法。
「那阿翊你學習很好嗎？」他繼續追問關於我的成績。
「一般。」總不能說自己其實是學霸吧。
「那你考第幾名？」他是不是看穿了我。
「……」他是看穿我了吧……
「你考第一嗎？」他把頭向我靠近了一點。
「……」我被看穿了吧……
「你是考第一對吧。」他用一副肯定的語氣說。
我不想回答他，因為我有預感他下一句就是，那我們以後一起溫習吧！

「看到阿翊你成績很好！我超差的，那我們一起學習，好嗎？」果然是這樣問了啊！

「不好。」我一秒回覆了他。

「就這樣決定吧！你平常放假都是在家裡溫習嗎？」他擅自決定要跟我溫習。

「是的。」為甚麼我要答他，我後悔這麼爽快說出。

「那我可以去你家嗎？」他一臉理所當然的接著問。

我們才見了幾次，怎麼就能輕易說出要來我家的話！

「甚麼？我們已經熟到能讓你到我家的關係了嗎？」我有點激動地說。

「那你想去哪裡溫習？」他還真的表現出很苦惱的樣子。

「我為甚麼要跟你一起溫習？」我反問著他。

「因為我也是考第一的。」他突然一臉自信地說。

「下？」可是第一名應該是我吧？全班、全級都是我。

「你體育不是第一名吧？因為我才是。」他用一臉無辜的眼神說。

他這是甚麼意思？是在挑戰我嗎？我做錯甚麼了？我就只是體能比較差一點，因為我討厭汗水！可是我平均分很高好嗎？其實我覺得體育這科是不應該放在一起算好嗎？我決定放棄跟這人溝通，我決定回家。

「我回家了，再見。」我開始收拾東西。

「嗯，那明天見。」他看起來就像一隻小狗……聽到主人說要出門，然後很可憐的看著我。

我說了吧，他老是常出現。

「啊！阿翊你在這啊？我們一起吃飯吧！」

在學校飯堂裡，明明我就有跟班上的同學一起在吃，他硬要擠過來，難道說他沒有朋友嗎？然後我發現，他坐過來後，有很大群不同年級的女生擠過來了。雖然沒有直接坐在我們桌，可是視線有點明顯。

「阿翊，等會兒要一起打籃球嗎？」他一邊在咀嚼一邊說。

「不要，我不喜歡打籃球。」我沒有理會他繼續吃飯。

「是嗎……籃球可好玩呢……又健康……又能跟朋友一起……」他自己在啐啐念著。

我偷偷地把眼瞟過去了，那刻我充滿了罪惡感，他看起來像個被嫌棄寫字很醜的小孩那樣在反省。

「我喜歡看人打，待會你打，我看吧。」也只能兜一下藉口吧。

「真的嗎？啊！所以之前你才在操場看我打球，然後受傷了。」他突然打起了精神。

其實那那天真的很丟臉，我不懂為甚麼他硬要提起那件事。

「阿翊你快點吃好嗎？午飯時間都快過了，還要看我打球呢！」

我這下才發現他已經吃完飯了，他剛剛是直接把飯倒進口裡嗎？

「我去熱身！你快點來看！」然後他就起來了。

我坐在操場邊看著他打籃球的樣子，確實很帥呢。難怪有這麼多女生喜歡他呢，他的一舉手一投足都很有魅力，連我也看得入神了，為甚麼這麼帥氣、這麼受歡迎的人會跑來跟我交朋友啊？難道是真的因為學習嗎？其實跟他一起溫習也沒甚麼關係呢，反正他也不會因此就變成第一名。

「小心！」在想著一堆東西的我也沒發現球往我這邊飛來。

我緊緊閉上眼睛側過頭，可是球沒有如預期那樣揍過來。

「這次我沒讓你受傷了！」他一手把球打走了這樣說。

那一刻的像極了電視劇的男主角，那難道我是女主角嗎……哈哈。

「我不打了，你們玩吧。」他這樣跟球場上的同學說。

「走吧。」轉過頭他就跟我說。

「啊？去哪？」我一邊問他卻自然地跟著他走了。

「我沒有你電話號碼。」他把手機遞給我。

「哦。」然後我就在他手機輸入了自己的電話號碼。

「回去上課吧。」他像摸小狗那樣摸了我的頭。

「哇！髒死了！你剛打完球！」我本來就有點潔癖，真的受不了就彈開了。

「那你今天記得洗頭喔！哈哈哈哈！」他還在幸災樂禍般說。

那天晚上他一直在給我發訊息。

「我是李棋洛。」

「你在幹嘛？」

「明天放假出來溫習嗎？」

「教我功課吧！我不懂做」

「要一起打機嗎？」

最後抵受不了他一直在用訊息轟炸我，就答應了他去附近的咖啡店溫習。畢竟是同一所學校，所以我們住的地方不遠，其實只是隔離大廈，現在才知道，因為兩邊入口剛好相反，一直都是走兩條不一樣的路，所以從來沒有相遇過。

就這樣，因為他總是很主動、很熱情，不知不覺我們就變成了好朋友。中午一起吃飯、下課後一起溫習、假日一起去玩，變成了到哪裡都在一起的「好兄弟」。高興的、難過的都會跟他分享。

直到後來有一天。

「其實你們兩個是不是在一起了？」我被同班的同學這樣問了。

我嚇到了，怎會被這樣問到。

「神經病嗎？只是很好的朋友而已！」我心虛地說。

嗯，我是心虛的說。因為我自己心裡清楚，從一開始對他就不是朋友。從最初我就努力的回避他，可是他卻一直往我這邊過來，避不過就只能越陷越深。

只是我也清楚這是不會有結果的戀情，因為他是不會愛上我的。從來就只有我一個人看他的眼神不一樣。然而對我來說，只要可以守候在他身邊就足夠，他不需要跟我一樣、他不需要喜歡我，他只要跟我繼續做朋友，我就會祝福他一輩子。

所以，我不能讓他知道我的心意，也不能傳出奇怪的謠言，我怕他會因為這樣需疏遠我，我怕他不再往我這邊過來，我怕我們之間因此而走遠。

「對！我們是比情人還親蜜的朋友。」不知甚麼時候來了的棋洛搭著我肩膊那樣說。然後他就搭著我離開了課室。

「怎麼過來找我了?有事嗎?」我問棋洛。

「有事想告訴你。」他突然很認真的說。

「怎麼了這麼凝重?」我很怕他告訴我他不想被誤會，要跟我絕交。

「剛剛有女生跟我告白。」他接著說。

「你又在炫耀嗎?又不是第一天的事。」我笑著跟他說。

「我答應了她。」他面無表情地說。

「甚麼……」我是呆了，一直呆著了。

「怎麼……怎會這麼突然，之前沒有聽你說過呢?」我有點顫抖的說著。

「嗯，之前沒有交女朋友的打算，就剛剛那女生挺可愛，也像我喜歡的類型，就答應了。」

他繼續解釋著。

「是嗎……那太好了!恭喜你終於脫單!以後就不用老是纏著我了!」我拼命忍著眼淚，擠出笑容。

「好了，我要去準備下一課了，再見。」我盡快離開他的視線範圍，把那該死的眼淚堅持住不在他面前流出來。

我沒再回頭，也不知道他接著去哪裡了。

「你不是拒絕了我嗎？怎麼又來找我？」女孩擦走臉上的眼淚問眼前的男生。

「當時有點緊張，想了想其實覺得你也蠻可愛。要在一起嗎？」而這男生臉上不帶任何表情地問她。

自從他有了女朋友後，我們就少了聯繫。再之後是考公開試，他成績本來就不怎麼樣，所以不夠分數上大學，而我則是輕鬆的考上了想唸的物理治療。為甚麼選這科呢？因為他總是受傷，我想這科能幫助到他吧。我們偶爾會關心對方，互相問候，他說想重讀一年再考，那時候我很想跟他說要不要幫他溫習，卻沒有說出口。

諷刺的是曾經他那樣熱情的想要我教他，如今則是我這樣渴望能有機會教他卻沒能做到。明明一開始是你硬要走進我的世界，為何最後先離開的人是你，而這裡卻剩下我一個人在回憶、在難過呢？

那天有個陌生的電話打給我，其實她打來的瞬間，我還擔心著是不是棋洛出了甚麼意外。因為她除了剛與棋洛在一起的時候會久不久打來找棋洛外，就沒有找過我。可是她今天打來也沒說甚麼，直接約了我出去，最後我就莫名地得了一個耳光。

聽她這樣說完，我有點期待，卻又想到有九成的機會是他借我作分手的藉口。但我還是想試一下會不會有奇蹟，神會不會眷顧我一下……

「喂，你的前女友突然跑來找我！」我用一副不以為然的態度說。

「咦？她找你幹甚麼？」他似乎也有點震驚。

「她突然說你喜歡我，所以跟她分手。」我繼續盡量把事件輕描淡寫的形容。
「哈哈！我真的這樣跟她說了啊！」他像從前一樣笑著說。
而在他這樣說的時候，我懂了他真的是用我作分手的藉口。
「神經病嗎你？」那我也只好順著他把一切都當成笑話。
「就利用了你一下，不要那麼計較嘛！」他繼續輕鬆的說著。
「如果是真的……」可是我有點不甘心，我真的不甘心……因為不甘心就這樣說了。
「那怎樣？」他突然變得嚴肅。
我知道他變得嚴肅的原因，他在害怕，怕我真的喜歡他。
「那我們就在一起吧！哈哈！」我用玩笑的方式說出最想說的話。
「是真的哦！」他接著說，很認真的語氣。
「不要玩了！你語氣突然這麼認真會嚇到我！」我想再確定這不是玩笑。
「我說真的！我喜歡你。」我聽到了一輩子最想聽到的說話。
我曾經無數次懇求過、祈求過，可是我沒想過自己真的有一天能聽到這句話由這個我連發夢也不敢跟他有進一步關係的人，他剛剛向我表白了，我沒法抑止自己那停不住的淚水。或許是我這該死的眼淚，它流下時弄穿了名為幻想的泡泡。我不知道他甚麼時候掛了電話。

只是我記得那一刻是我這輩子最喜歡的一刻。
因為原以為永遠也不可能喜歡上我的人，對我告白了。
因為太過突如其來，幸福把我整個人帶到另一個世界。
幸福總是來得突然，也走得特別快。

才一瞬間，又傳來他發過來的短訊。
「我是開玩笑啦，你不要那麼認真吧！」

我也不知道原來自己的淚點這麼低，我也不知道原來人可以這麼脆弱。
當我以為奇蹟發生了……才知道世界上根本沒有奇蹟。
剛剛是喜極而泣的眼淚，現在是泣不成聲的眼淚。
當中沒有停頓，沒有交接，就這樣無止境的一直流著。

在那個我不知哭了多久的一天，是甚麼打破了我呢。

是一個程式突然被下載到我的手機上。

「噹噹——」手機彈出了訊息的提示聲。

然後我就看到一個我沒曾見過的程式——「**美夢販賣機**」。

其實這時候的我，並不知道自己正在做甚麼，因為眼淚就早把視線弄得模糊，而我的心也混亂得不成形。

我最後對它有印象的是最後的訂單：

「請確認你的訂單

選購的夢境類型：熱戀時光

販賣的記憶日期：2018年6月20日00時00分00秒

＊請於按下確認後盡快入睡，

如未能於二十四小時內入睡，

當天將不會出現美夢，而已販賣的記憶將不獲退回。」

「我想跟他在一起！我好喜歡他！」

我一邊哭，一邊這樣大聲喊著，像個傻子一樣。

就這樣我拿著手機睡著了，臉頰的眼淚還沒有停下。

這天是我最幸福，也是最難過的一天，我知道自己跟他不可能，我們之間沒有未來、也沒有以後，可我還是如此渴望著他。是這份愛太過強烈嗎？所以神願意讓我在現實寫不下的結局，換成另一個世界裡繼續編寫嗎？如果是的也好，我願意，至少這裡我們幸福快樂著，至少這裡的我們代替現實的我們幸福著。

我願意永遠跟你在一起，每個晚上來到另一個世界再邂逅；

我願意永遠當一個觀眾，每個晚上看著另一個世界的我們。

「曾一致的步伐，是從何時開始漸行漸遠。」

CHAPTER 7

第七章

漸遠

「你在做甚麼啊？」我溫柔地問眼前的男人。
「更新美夢販賣機。」他卻專注地按著鍵盤說。
「又改嗎？這次又改甚麼？」我靠在他身旁邊問著。
「我說嘛，這個也算是一個遊戲吧？或者該說它是娛樂？那我應該為它加多一點有趣好玩的元素吧？」他一個勁兒興高采烈說著。
「那你想怎樣？」我笑一笑看著他。
「我想應該要有等級制度吧！甚麼都要有等級制度才有趣！」
「好。」
「把夢境的範圍逐漸擴大，應該比起一開始就能做到任何夢境有趣吧？」
「好。」
「我怕那些用家很快玩膩了啊。」
「都好。」
他滔滔不絕的一直說著，無論他有怎樣的想法，我都會贊同，會一直支持他、不會否定他、不會對他說不，一直都是。

「你覺得美夢販賣機用粉紅色做主色好嗎？因為它畢竟是夢境，應該要有一種很夢幻的感覺吧，我想粉紅色剛剛好吧？特別夢幻，而且……」他停頓了片刻。

「而且？」我望向他想知道未說完的答案。

「是你喜歡的顏色。」他笑著撫摸了我的頭。

「傻瓜！不許放這麼多私心在工作喇，我們公私分明的！」我很高興，卻害羞地掩飾說。

「沒有私心的，美夢販賣機就像我們的孩子一樣寶貴，是我們一齊親手把它從無到有，以後要把它照顧長大成人呢。」他看著我這樣說。

「哪有這麼誇張吶！」我嗆了他一下。

這是最初我們在一起製作美夢販賣機的日子。

我們是從小就在一起的青梅竹馬，在他最艱難的日子，在他失去相親，在他一直都是自己一個人的時候，我一直守在他身邊。我大概是他唯一的親人、朋友、愛人。他經歷一般人都無法想像的經歷，他遇上了任何人都沒法體恤的狀況，卻他還是那樣堅強。

可是我比誰都清楚，他的堅強都是裝出來，他才不堅強、他是多懦弱、多想逃避一切，如果不是的話，他不會這麼執著於這麼想要創造這個美夢販賣機。只是沒關係的，只要是他想要的，我就會支持他、幫助他，因為這就是我愛他的方式。

那時候他這樣說：「我希望能創造一個世界，可以給別人幸福和快樂，可以讓他們把現實中做不到的事情做到，可以讓他們把難過的事都忘記，盡情享受只有幸福和快樂的時光。」

他說的時候，我能看出他內心是有多麼的悲傷、他是多後悔自己的無力。即使我從一開始就不相信會有這樣的世界，可是他希望能創造、他堅信能創造，那我就會陪伴他。明明他比我們任何人都經歷得更多，應該比我們更不相信會有這樣美好的世界，卻比我們都相信自己能有這樣的世界。

「發生甚麼事了？」
「好恐怖啊！好像是男人殺了自己老婆之後自殺了！」
「甚麼？這麼恐怖！」
「好像是他們的兒子放學後回家發現報警的。」
「下？他兒子多大了？」
「好像還是中學生呢，真是可憐。」
「怎會這樣，男人是不是有精神病？怎能這樣做……」
「現在好像說要再調查，說也有可能是兒子殺了家人再偽裝成自殺。」
「這怎麼可能啊？也太可怕了吧。」
「也沒辦法，畢竟也存在這種可能，而且正常也會先從多個角度開始調查吧。」
「如果不是兒子做的話，他就真是太慘了吧，那麼年紀小的孩子，放學回家後父母都死了，還要被懷疑是兇手帶去調查，會造成一輩子的陰影吧。」
「說的是呢，真是沒天理呢。」

那個晚上，因為要練習校慶的舞蹈表演，我晚了回家。
我在電梯口看到很多警車、很多記者，還聽見附近的街坊這樣說。

聽起來有點恐怖，我想盡快回家，卻在出電梯時在大廈走廊看到更多的警察，他們圍著我家對面的門口。

住在那裡的是我青梅竹馬的好朋友……

因為住得近，還同一所學校，所以才是青梅竹馬……

所以說剛剛聽到街坊說的就是他……

我在他家門口張望。

我在尋找他的身影，他剛剛說先回來的。

「你是住這裡嗎？」門外的警察這樣問。

「不……我住對面……」我有點害怕地回覆他。

「那你之前有聽到他們家裡有甚麼爭執之類嗎？」他繼續問。

我覺得好可怕，怕得開始哭起來了。

「剛剛不是告訴你們嗎！孩子知道些甚麼！別嚇著她！」我媽從後一下把我拉走。

「循例了解一下而已，希望你們能合作。」警察嚴肅的說著。

「沒有！叔叔姨姨關係可好了，對我們也很好！」我花光了勇氣邊哭邊這樣說。

「你把她嚇到了！」我媽生氣得嗆著警察。

而警察也好像不敢再問，另一個警察也再阻止了他繼續追問下去，我媽就帶著我回家。

第二天再有警察來調查時又問我。

「死者的兒子是你同學吧？」這個警察很嚴肅，比昨天的可怕。

「是的。」我有點顫抖著說。

「他說平常你們都會一起回家，對嗎？」像在逼供似的。

「是的。」我低頭說。

「昨天下課後你有見過他嗎？」問得我像犯人似的。

「有。」我聲音越來越小。

「那為甚麼你不是跟他一起回去？」警察在懷疑他。

「昨天我要綵排校慶表演。可是他在我去練習前都跟我在一起。」我幫他解釋著。

「沒有離開過？」警察在懷疑他。

「沒有。」我望向警察堅定地說。

「好的，謝謝你。」他就這樣結束問話。

除了那天有警察進去外，我很久沒有見過有人進入那個家。
而他也有很長一段時間沒有上學，大概有一個月。

直至有一日我在走廊上看見他的身影，他重新上學了，我馬上飛奔到他身旁。
「你都去了哪？」我氣喘喘的問他。
「就整理一下家裡的東西。怎麼了嗎？」他回過頭笑著跟我說。

他怎可以笑，他怎可以笑……
他居然在笑，他是用甚麼的心情笑……
看著他笑我怎麼會覺得那麼痛心呢……
然後我像是代替他難過一樣，就在那兒一直哭、放聲的大哭。

今天只有我跟 Robert 在實驗室，我們都是比較安靜、不多話的人，所以這晚的研究室很安靜。

「他還沒見完投資的人嗎？」Robert 突然說話。

「應該是吧。」我隨意回覆了他。

「前陣子他不是把美夢販賣機給了一個街外的孩子使用嗎？」他冷靜的這樣說。

「是啊，怎麼了？」我問道。

「那孩子一次過賣了三年的記憶。」他接著說。

「甚麼？一次賣這麼多？他會不會失憶啊？」我有點驚訝地說。

「現在還不清楚他賣了哪些記憶。」他沒有一絲動搖。

有時候我真的覺得 Robert 很可怕，雖然他真的是很有才華很能幹，如果不是他我們也不可能真的把美夢販賣機完成，可是他無論遇上甚麼狀況都處變不驚的態度，真的讓我懷疑他是不是沒有感情的生物，跟這類人共處難免會有種莫名的心寒。

「該不會有甚麼負面的狀況發生吧？」我這樣問他。

「你們在設計美夢販賣機時，就不曾想過它除了夢境外，會不會為人帶來其他嗎？」他突然嚴肅起來。

「你這是甚麼意思？」我有點不解他突然提出的觀點是想表達甚麼。

「別人總說聰明反被聰明誤，他那麼聰明，總想避免將任何事情簡單複雜化，可是卻因此把所有該複雜的細節都忽略了。」他這樣說。

「我還是不懂。」我試著追問他。

「早晚你會懂。」他開始收拾起來離開。

「我回去了，老婆在等我。」他望向我笑了笑。

我思考了半秒，在他打開門前一刻我說出口了：「你用了美夢販賣機嗎？」

他停下了腳步。

「當然，我可是美夢販賣機的第一個實驗品呢。」他說完這句後就離開了。

他使用美夢販賣機是代表他也認同我們，但這一份莫名的不安感是怎樣？

那天之後，我去調查那個賣了三年記憶的男孩，才發現他已經住進醫院。

我想起當時 Robert 說的話，一直以來我們都只想著美夢販賣機能為人們帶來多美好的夢，多真實的體驗，可是卻不曾考慮過它有機會帶來負面的影響。

人類腦中的記憶從來就不是一件簡單的東西，只有這東西是我們千不該萬不該的想著如何將複雜簡單化。一直以來我們都只著眼於美夢販賣機能不能做到，卻從來沒想過做到以後會有甚麼可能。

這下可慘了，要是之後再出現其他更嚴重的狀況該怎麼辦？我們有能力制止它走向這個負面的方向嗎？可是萬一真的出現這個狀況，也只會出現唯一的可能，就是美夢販賣機要被毀滅。但這樣的話我們多年來的心血就白費，還有他……一定會崩潰的。因為這是他這麼多年唯一的寄託，這麼多年來一直都追求……

算了算了，先不考慮這麼多了，現在不是該想這些問題的時候。或許這個男孩的事件只是一個特例，現在我們應該優先考慮的是怎樣解決這件事，避免再出現這種狀況。

他接了 Robert 的電話就衝忙出去了，都還沒吃早餐呢。

大概是 Robert 把那孩子的事告訴他了吧。

我該怎樣幫他好，我應該做些甚麼好呢。

我跟著他回到了研究室，我站在門外聽著 Robert 跟他解釋。

「等一下，那個男孩現在在哪？」

「你怎可以現在才告訴我！？」

「就算早一點告訴你也沒有用，已經改變不到甚麼的。而且，我一早跟 Vivian 說了。」

「甚麼？她沒跟我說。」

我再不進去解釋的話，大概要變成欺騙他的壞女人了。

我深吸了一口氣，推開研究室的門走進去。

「啊，我是太忙，忘記了跟你說。抱歉。」

我試著用一副無所謂的態度說，希望能把事件說得沒那麼嚴重。

「我覺得我們要先暫停美夢販賣機，因為它現在出了很嚴重的問題。」

「暫停？你傻了嗎？」我聽到他說要暫停那一刻我緊張了，激動地反駁了他！

「現在出了很嚴重的事故，怎麼你們都好像不緊張那樣？那個男孩還在醫院！他現在連話都說不出來！」

我知道他是千不願意、萬不願意才說出想要把美夢販賣機暫停。我也知道美夢販賣機有個甚麼意外，他會比死更難受，所以我要阻止他。我一口氣跟他說了很多很多，其實連我也覺得自己像騙小孩那樣。

「對，你先冷靜一點。只是我們也不能因為這樣就把美夢販賣機暫停，這只是一個失誤的。我們不想的，沒有人想的。我們只要把它修正過來就是了，對不對？現在把美夢販賣機暫停也改變不了任何事，對不對？還有很多人需要這美夢販賣機的，我們不是想給更多人帶來幸福的夢境嗎？這次只是一個意外，我們能吸取教訓，把美夢販賣機改良得更好，對不對？而且那孩子只是沒了從前的語言基礎，他以後慢慢重新學就好了，不用擔心嘛，我們以後不犯這種錯誤就行了。」

我就這樣說了一連串連我自己也說服不了的話。

然後 Robert 平靜的分析了狀況及提出了最簡單的建議和修改方法。他接受了。我想這是因為他真的太不願意就這樣停止美夢販賣機，最近好不容易找到了願意考慮投資的人，要是從這裡停下腳步或許就再也沒法前行。

那個夜晚，我私下找了 Robert。

「你還有甚麼沒跟我們說嗎？」我質問般向他提出。

「你指的是？」他裝著不理解我的話。

「還有甚麼被我們漏掉了的吧？」我繼續想逼他說。

「我們三個人共同開發了美夢販賣機，可是卻只有我在使用它，最開始創造它的你們卻沒有使用，為甚麼呢？」他反問我。

「我沒這個需要。」我堅定地回答他。

「對，就是因為你不需要美夢販賣機，而他卻只想著給需要的人。」他提出了一個奇怪的說法。

「所以呢？」我想他為這個說法再解釋更多。

「這就是我們的不同，這就是為甚麼我會看到你們漏掉的地方。不止我，以後每一個『需要』美夢販賣機的人，他們都會像我一樣，把你們沒發現的地方找出來，而且他們會找到更多連我也不會發現的地方。」他故意把「需要」兩個字加重語氣。

「或許你變得更需要美夢販賣機，就能懂我的話了。」他再補上一句。

我還在思考著的時候，他轉換了話題。

「對了，我想我們需要花點時間在處理記憶上。」

「甚麼意思？」

「就如他今天提出一樣，復原記憶。」

「你不是說很難做到嗎？」

「其實也不是很難，原理跟美夢販賣機的運作沒甚麼大差別，只是還需要多一點的實驗。不然出現狀況的機會也很大。」

就這樣，在那天之後我們把美夢販賣機加多了限制，不斷修改再修改，美夢販賣機一次又一次更新。

而Robert同時在研究關於復原記憶的部分。

美夢販賣機也一直在不同人手上流通，大概持續了一年也沒再出現過像當初那男孩的狀態。

原以為我們的美夢販賣機能就這樣順暢地運作下去，直至我們發現那些用家，很容易就出現了濫用的情況，而這份濫用令他們本來的生活變得亂七八糟、迷失了自我。

「那個女孩現在失憶了！」

「那不是美夢販賣機的問題。」

「怎可能不是美夢販賣機的問題呢？是因為用了美夢販賣機才這樣！」

「美夢販賣機本來的設定就是這樣。」

「……」

「任何東西過分使用都會出狀況，這也是無可厚非的。就像很多人也會沉迷打遊戲以至荒廢正業一樣。」

「可是她現在失憶了！」

「這是她自己的選擇，我們沒有逼過她吧？而且對她來說這或許更好吧。」

「怎可能會好呢？我剛去醫院，我看她目光呆滯，她媽媽多難過。」

「你把美夢販賣機給她時，她不是正去尋死嗎？」

「可她現在看來是生不如死。」

「那你去把她殺掉吧，反正她的命也是你救下來。」

「你怎能說出這樣的話……」

在我們的研究室，依然是我們三個人，我沒有說話，就看著他們兩個大男人像小學生那般鬥嘴，他們也沒有想過解決方法。

其實在我看來，Robert 說的話一點都沒有錯，這不是我們的錯而是使用者自己的選擇，又怎能把結果歸咎於美夢販賣機呢。

難道因為有人用水果刀殺了人就說水果刀不應存在，然後毀掉了世界上所有的刀子嗎？

可是我沒有說話，我就看著他因為說不過 Robert 走出了研究室。

「你沒出聲幫他是因為你也認同我吧。」被 Robert 看穿了。

「我不否認。」我冷冷地回應。

「其實他想要的，我也準備好了。」他突然這樣說。

「他想要的？」我不清楚他指的是甚麼。

「關於把記憶全部還給使用者。」他看著我說。

「能做到了嗎？」我承認聽到他這樣說後，我有點興奮了。

「目前還沒試過能不能成功，因為只是按原理試著做，還沒有試驗的對象。」他又有點憂慮的說。

「把記憶還給最初使用的男孩？」我提出了一個很適合的對象。

「我也有這樣想過，可是擔心風險還是有點大。而且當初其實我們沒預計能把記憶還給使用者，所以也只能試著把一些還殘留的記憶恢復。」他說得有點雜。

「就像你在電腦中刪除了東西，但不是把整台電腦的所有內容清洗重置，有一些內容還是有機會還在電腦中而可以修復。」他看懂我的不解，試著提出了更容易明白的例子。

「那就試試看吧。」我這樣說，因為我覺得這比現在都好吧。

於是那天 Robert 就開始著手於復原那男孩的記憶。

這是我跟 Robert 之間的秘密，因為怕告訴那人的話，他又不知會做出甚麼事來。

其實在這男孩出事開始，我就跟 Robert 變得親近，當然只是在工作上。因為發現他在很多時候理念上也與我相同，而且他比較理智現實。即使他的理智有時會令人覺得可怕，但他的話很容易能說服人。

而且他的能力也是從不讓人失望，一星期後那男孩拿回了小時候的記憶。雖然我們估計他只挽回了兩至三成的記憶，但他的狀態卻好多了，至少能說出更完整的話語。

「你記得我們的第一個使用者嗎？」我跟他說。
「我記得。」他每次一提起那男孩就會很難過。
「我們復原了他的記憶。」我繼續說。
「甚麼？」他有點訝異。
「我們研發出能把記憶復原的方法。」我看他有點疑惑，所以再肯定地說一次。
「真的能做到嗎？」他不相信似的問著。
「是的，但現在一切還不成熟。」Robert 這才說話。
「怎麼現在才告訴我？」他發現了我們是夾好了。
「未確定成功就告訴你，怕你失望。」我像安慰他說。
「那現在是甚麼狀況？」他關心的果然只有程式。
「我們之前一直沒有保留使用者的記憶，所謂的復原只是把他們以為遺忘了的部分記憶翻出來。但自從第一個男孩出事之後，吸取了教訓，我一直把所有人賣掉的記憶都保留了一份。如今我們能讓他們把這些記憶全部復原，只是……」Robert 很少會這樣說話。
這也是我第一次知道原來 Robert 有把所有人賣掉的記憶都保留了。

「只是甚麼？」他焦急地問。

「跟最初說的一樣，一次過讓他們復原失去的記憶會有很大的風險。」Robert 說出了當初為何不想讓美夢販賣機有復原功能的原因。

「可是那男孩不是沒事了嗎？」

其實那男孩並不是完全沒事，只是好了點，我心裡這樣想。

Robert 像是放著利誘一樣，我看著這一切，甚麼都沒說。

「我想我們需要更多的試驗。」

「要怎麼做？」

「我們要確認一次過塞進這麼多的記憶，人還能不能保持清醒，復原到原來的狀態。」

「要怎麼確認？」

「需要找實驗者，把這些記憶放進他身體，看看有沒有出現反常的情況。」

「我來做吧！把記憶塞到我身上吧！」

他就這樣被 Robert 釣上了。

Robert 是故意這樣誘惑他！因為他一定會說讓自己來試。

明明 Robert 才是一直使用美夢販賣機的使用者，但他太了解美夢販賣機的運作，他不會被美夢販賣機影響。他想知道自己研發復原記憶的部分是否成功，卻不願意讓自己當這隻白老鼠，就把現在最急著想解決問題的他誘騙。

好想拆穿 Robert，只是我知道他說了由他做實驗對象，就會決心地做。因為他一直以來都在自責，很想補救。也許吧，讓他這樣做的話，若成功就能把事解決了，我們的美夢販賣機就再沒有障礙。那我只能夠相信 Robert 也不會讓你有事的，就拜託你冒一次險吧。

「你傻了嗎？這風險很大。」我明知他會堅持卻裝著說。

「對。所以我來吧。我來為他們負起責任。」他堅定地說。

「好，我們逐點來，就試最近一個使用者，他只用了美夢販賣機兩次，相對記憶量會較少，萬一有狀況也沒那麼大問題。」Robert 斬釘截鐵就直接進入正題，他連用哪些人的記憶早決定好了，這怎可能不是圈套。

從前你可不是這麼笨這麼會犧牲自己的人，你是真的知道還故意踏進去嗎？

就這樣他準備植入記憶的測試，可是我們沒有想過那部分的記憶遠遠超出我們的想像，亦因為那份記憶、那件事，我們之間再也無法挽回。原本只是越走越遠，但現在則是永遠沒法再站在一起。

「只是想成為更優秀、更出色的人，到底哪裡做錯了？」

Case 14

努力

「你看她，鼻子都塌下來了。」

「她現在超可怕的，以前不是還挺好的嗎？」

「真的沒法理解那些整容的人，是病態來的嗎？」

「對啊，超假的，都不是自然美，真不明白他們的心態。」

我是吳祖兒，今年二十六歲，主要工作都是在網上進行，簡單來說就是個網紅。沒錯，我是很喜歡整形，也是因為整形的事情變得受人注目，才成為了網紅。我覺得整形後的自己變美麗了，所以我不懂這些人為甚麼對我說三道四。

媽媽沒有把我生成天生麗質、沉魚落雁的樣子，也沒有很好的身材，家裡更不是有錢人家。從小就不聰明，甚麼都差別人一截。可是我沒有因此而氣餒，我就是不屈，我就是不願意就這樣給別人比下去。因為這樣我做甚麼事情都比別人認真，比別人拼命。為了能追上那些生下來就比別人擁有得多、比我擁有得更多的人的步伐。

我每天都在拼盡全力。

從小就一直在努力著，無時無刻都很認真的我，大家都說我真是好孩子。唸書時我認真唸書、遊戲時我也認真遊戲。即使沒有把每件事都做得完美，即使沒有每年考到第一名，還是考上不錯的大學、唸上不錯的科目。

可是我卻被形容成只會唸書的書呆子。

「祖兒，你星期日要不要跟我們一起出去玩啊？」
「她應該是喜歡待家裡不愛外出的類型吧。」
「……嗯，我星期日有事要做，下次吧，謝謝你。」

這是我剛上大學認識的同學，穿著很好看，化著艷麗的妝容，很美麗，我也好希望能成為像她們的人，一起到外面玩，一起拍漂亮的照片，到處打卡放上網上分享……

那天晚上我發現了一個奇怪的程式，而那程式給我做了一個夢，我夢見自己變成了一個美女，這個夢很真實，真實得讓我信以為真。我首次感受到甚麼是美麗，首次體驗到如果長得美會有甚麼不一樣的際遇，所以隔天醒來我希望延續這個夢。

「嗯，都上大學了，我想我也該改變一下自己。」我這樣想著。

我開始在網上學習化妝，看別人的衣裝配搭，想讓自己變得更可愛、更美麗，就像其他女孩一樣，到哪裡都能充滿自信，我也要成為那樣的人。

可是現實並沒有這麼輕易，我那張臉的底子不好，不是單靠化妝就可以。

與那個夢境中的我還差很遠，夢裡的我是更完美、更美艷，任誰看到我都會愛上我。

為了能更一步成為夢中的那個完美的自己，後來我在網上的廣告去試了第一次的微調。

說實話，最初的心理關口其實還蠻大的。畢竟在我們這個生活環境中，人們本來對整容就是有一個不太好的印象，覺得整形是負面的。人們總是愛向整過形的人、或是變得美麗了的人說三道四。在我看來這是一種嫉妒的表現，對於原本就跟自己差不多的人，後來卻比人超越了而產生了嫉妒。然而自己卻沒有勇氣嘗試作出改變，最後除了用說話攻擊別人外，就沒有其他可以做到的事。

我在第一次微調後，等到臉部復原的那段日子都不敢外出，也不太敢照鏡子，直到傷口都消退了，我才認真看。原本不管怎樣化妝也很無神的雙眼變的有神起來，一整個人的感覺都不同了。

「哇，這真的是我嗎？」我看著鏡子前的自己驚嘆了。

我只是做了很少的一部分微調，差別已經這麼大。

「原來我也可以像其他人一樣的。」那刻我也明白到，美麗是要付出代價的。可是我想要，我想要一直的美麗下去，也想要變得更美。所以那天之後，我一直都拼命在賺錢，為了讓自己變得更可愛、更美麗，為了獲得更多人得稱讚、為了獲得更多的認同。

從前沒自信的我開始變得自信起來，開始用著社交軟件，會把自己的日常生活照片分享到網路上，獲得不少關注。明明我沒有甚麼特別的技能，就只是普通拍拍照、吃東西打個卡，卻越來越多人關注，也有一些不同的商店、產品為我提供贊助，只為了我發一個帖子當打廣告，就是這樣我慢慢變成了網紅，也開始有了更多的收入。

我從前對「以貌取人」這四個字沒有甚麼特別的看法，可是我現在的我開始感受到這句話。在我開始更會打扮、多整幾次後，我變得更美，而人們的態度轉變，才讓我發現這個世界，根本就是每個人都是以貌取人。

做錯事被罵好像沒那麼狠，買東西店員變得有禮貌，朋友也多了，也有更多人主動跟自己聊天搭訕。也第一次交到了男朋友，現在的我應該算是成功人士吧，會賺錢、也美麗。一些從前也會做的事，現在卻被說成善良、心地好，從前的我一直努力著都沒有比現在有更好的待遇。

人類嘛，都是些只看外表的膚淺生物。

只是既然我活在這個世界，那我也只能適應和接受。還有的是追求更多，變得更優秀。

或許是因為受到了與昔日不同的待遇，還有了更多的收入，我去整形的次數也越來越多，我追求更完美的自己，總是覺得不足夠，於是一次又一次去做手術。從前的我也許不會這樣，主因是沒有能力，我沒有那麼多錢去負擔這一些手術費用，可是現在我有多了很多的錢，可以去成就更好的自己。

然而有件事是大家都必須明白的，任何手術都有風險，在過往的手術中我也有過不少失敗的經驗，但沒關係的，只要之後再做一次手術修正過來就行了。於是我動手術的次數越來越多，我覺得自己越來越美，周遭的人則是越來越多的話。明明不管我變成甚麼樣子都不關他們的事，可是他們偏偏要對我說三說四，說盡一切難聽的說話。

「越整越醜了！」

「是不是哪裡失敗了？」

「現在看起來臉很膠呢！」

「眼的比例太誇張了！」

「花這麼多錢弄成這樣啊？」

「也太假了吧！」

「好恐怖！像怪物一樣！」

很多人喜歡在我發佈的帖子下留一些攻擊我的說話，我不知道他們心裡的真實想法到底是怎樣，只是我不認為他們真得覺得我醜而這樣說。我更相信他們只是把自己的無能、對自己的懦弱發洩在我身上。

就像那些嘲笑別人去追尋夢想而不腳踏實地工作，或是說一些演員、模特兒在發明星夢一樣。因為別人有勇氣去走一條不一樣的路，而這些人沒有便透過嘲笑別人來換取自己的滿足感。

這些人常常存在我們日常生活之中，憎人富貴嫌人貧，看不慣別人的好。就像在樹下說著那些「葡萄是酸的」、「我也不想吃」的狐狸一樣。他們大概這輩子也沒勇氣踏出新的世界，只會一直在原地踏步，然後看著時間的一直流逝，直到心跳停止的那刻。

而且這是我的臉，我喜歡怎樣就怎樣，還需要你們同意嗎？你去餐廳吃飯，我能因為自己吃素不讓你點牛扒嗎？有些人喜歡買遊戲的道具，把錢花在虛擬的物品中；有些人喜歡把錢花在喜歡的明星身上；這全都是他們的自由，有花了你的錢，用了你的時間嗎？總是喜歡對別人的生活說三道四，真是一群莫名奇妙的人。

如果我因為這些人的說話而被打擊了，放棄追尋更好的自己，我就太失敗了。

「你不要再整形了，好嗎？」我的男朋友這樣對我說。

「怎麼突然這樣說？」一早醒來聽到這種說話，我充滿著不解。

「我覺得你現在過火了。」

「過火？哪裡過火了？太漂亮嗎？」

「你現在哪裡漂亮了？我每天見到的你，幾乎都只是包著紗布的你！」

「那我會康復的啊！之後就會變得更美！」

「可是你每次剛拆下紗布沒幾天，又說要去整！」

「那是因為上一次的效果還未滿意，才會繼續去整。」

「你一直都不會滿意吧！」

「我只是想變得更好！」

「那我們分手吧。」

「你是覺得我最近幾次手術都失敗了，所以就嫌棄我了嗎？」

「不是！是我配不上你的美！」

然後他就開始收拾東西離開。

我一個人在那邊一直哭、一直哭，我試著哭大聲一點，希望他停下手，過來安慰我、哄回我。可是他沒有，他連頭也沒有回過，也沒有看過我一眼。

那天之後，我整形的次數變得更多、更頻密了。我想，一定是我現在不夠美，我要成為更美、更好、更出色的人。我要讓那傢伙後悔，他絕對會後悔的。

可是我從網上賺的錢卻少了，因為網上罵我的人越來越多，讚美我的人越來越少。我也因此少了很多工作，收入大不如前。我大概明白的，人們的新鮮感很容易就會過去，所以那些本來支持我、喜歡我的人就走了。沒關係的，我相信我只要讓自己變得更美，重新再振作起來就可以！

因為我的收入開始抵銷不了我手術的費用，我透支了我的信用卡。我想著這次一定要讓自己翻新過來，我要把一切都重回正軌。

「我們不能再為你進行手術。」負責整形的醫生這樣跟我說。

「為甚麼不能？」我整個人都震驚了。

「我們做不到你的要求。」他看著我雙眼肯定地說。

「現在都還沒做到我想要的樣子！」我很激動地說。

「坦白說，不管再做多少次也做不到你想要的效果，至少我們做不到。」他繼續說，一直拒絕再在我的臉上動刀。

「我會去找更好的醫生！然後會把你們公司的惡事公諸於世！看著來吧！」我最後太生氣，拋下這句話就離開。

之後我一直四處打聽不同的醫院，卻仍然沒有一家願意幫我做手術。

好奇怪。我現在的樣子變得好奇怪，我不敢再照鏡子，為甚麼會變成這張臉，好可怕。我怕了。這樣的我太可怕了，我連一個表情也沒法擺出，五官就這樣，而且感覺它在塌下來中。我該怎麼辦……

也沒有醫生願意幫我了，好醜、好醜、好醜，這樣的我還怎麼能繼續生存，長成這樣的我要活不下去了……

我不敢外出，我每天窩在家裡，即使外出我也把自己的全部覆蓋起來，我好怕被人看見現在的我。現在的我真的成為了他們口中的怪物，我不能接受，我想我還是死了算吧……

我過著行屍走肉的日子，過了很多個晚上。直到那個晚上我喝了很多酒，再吃了很多藥，我大概會一睡不醒吧，那就可以結束一切，可是上天又給了我一點新的希望。

中午的陽光照射到我的臉上，我從容地醒過來，伸了一個小小的懶腰。

今天也是個好日子呢，我心裡這樣想著就起床。

「啊——」我看著鏡子前的怪物嚇得尖叫。

這怪物是誰……我看著鏡子前的自己，緩緩的舉起雙手撫摸這臉頰，摸起來腫脹鬆散，沒有一點彈性，這觸感好噁心，這怪物是我嗎……好恐怖，怎會這樣？

剛剛不是還好好的嗎？剛剛明明還是那個鮮麗奪目的我！

難道我現在是在做夢嗎？對吧？我一定是在做夢而已！

我看著鏡子裡的怪物，它的眼睛流出淚水，卻沒有一點面部表情的變化……

對吧，現在是真實……剛剛才是夢……

能長著這張完美的臉真好，能有這樣真實的夢境真好，能有這樣真實的夢境，真不想醒過來。

做過了一個美好的夢後，就更沒心情勇氣去接實這恐怖的現實，窩在家裡開著電視，卻沒有把電視的內容聽入耳。我記不清自己都在做甚麼，直至那個訊息的出現，我想起昨天……

「恭喜你，完成了美夢販賣器的二次體驗，

你現已進級為等級三之會員及獲得十二分積分，

系統已為你解鎖更多功能。」

我的手機中彈出了這樣的訊息，我記不起甚麼美夢販賣機，可是我卻記得它那個粉紅色的圖示，那個像購物網的介面。今天比昨晚清醒的我看著這個程式，看著它的解說。對了，我昨天做了一個很想成真的夢，是因為我昨晚使用了它嗎？

不對？我好像不是第一次遇上這程式了，是甚麼時候呢？想不起了。我也記不起自己忘了甚麼。算吧，我本來就甚麼都記不到，本來記甚麼都一直在忘記，記憶對我來說也不是甚麼珍貴的東西，都是一些可有可無的東西而已。

如果在現實中我再沒法走到想要我結局，那就繼續做夢吧，就這樣一直睡吧。就讓我在夢中享受著那完美的自己能為自己的人生帶來甚麼不同吧。

反正無論是我的錢、我的記憶、我的身體，還是我的生命，這一切都是只屬於我的，我有權利去決定怎樣使用它們。

「真實世界中甚麼都擁有，可是卻只有閉上眼睛才能遇見你。」

Case 15

脆弱

「就算不是真實的也沒關係，我只是想見一見而已。」老人用思念著甚麼的眼神看著我。

「你不是已經很清楚這會像真實的一樣嗎？」男子自信的反問他。

「那我唯一的條件是你能保證我可以一直使用這程式，那我就能給你們足夠的資金一直發展下去。」老人用祈求的語氣這樣說。

「絕對沒問題，因為我們已經成功了。」男子再次自信地向他承諾。

我是唐勝章，六十三歲，是一家證券公司的總監，有兩個兒子。太太比我年輕三十年，我們在十年前結婚，她那個時候才二十三歲。大家都說年輕的她嫁給我是為了我的錢，是的，我也是這樣認為。可是沒關係，因為她跟那個我愛了大半生、至今也沒法忘記的女人長得太像。當然她不知道這件事，她以為我只是看上她的年輕貌美。她愛我的錢、我愛她的臉，我們各取所需，很公平。而且她也付出了自己的身體和青春給我，還為我生了兩個孩子，當然我也確認過他們真的是我的兒子。

關於那個在我心裡一直揮之不去的女人，一個把我心偷走後，就再沒有還過來的女人，就要從我還是一個醫生，在我還未發現醫生能做的只有治療身體，卻沒法治療心靈之前說起。

我從出生開始就在富裕的家庭長大，從小就受著高等教育。我爸是醫生，而我媽是大學教授。小時候想著長大後能像我爸一樣當個醫生，家裡也是這樣希望，所以每天都重複過差不多的日子。可是在那個年代，整個世界都還處於混亂動盪的階段，人們的生活水平都處於一個不怎麼好的狀態下，即使像我的家庭比較富裕，但生活也不見得特別比其他人好。

而她，跟我一樣同齡，家境也是屬於比較富裕的一群，因為她的家人是政府的要員。

我們從小時候就在私立學校認識，回想起來我們的相識便是五十多年前了，而跟她分開的那年，我二十一歲。

最初我們相熟，跟大部分人都一樣，是因為上課時她就坐在我旁邊。她總是很安靜，或許這就是所謂的淑女吧。我在她身旁總是不像一個紳士，反像個流氓似的。我跟她說話時，她總是沒太大的情緒和反應，我要用很誇張的態度跟她對話，她才會有多點的回應。明明我只要放棄跟她溝通就是了，我偏不要，就是想跟她說，就是想看看她會不會有其他更有意思的回覆。

可能因為我太過主動了，不知不覺她似乎是對我放下戒心，或者是被我改變了？她開始跟我多了說話，我們也就開始混熟起來。因為當時的學校並不多，我們一起唸書的時間有八年，我倆都是對方最重要的朋友，一直到我們唸大學。我不負眾望的入讀了醫學院，而她可能是因為家裡的關係，去了修讀政治相關的科目。

也許是因為多年來在一起的關係，雖說我們分開了，卻好像比從前變得更親密。我們由同學，發展成好朋友。其實那時候我已經懂得自己對她已不是朋友的感情，可是我沒有說出口，我想先待我們畢業後再說。我知道她對我的感情也一樣，我想我倆的家人都知道對方，不會反對，所以甚麼都不怕。但應該預計到卻沒有想到真的會發生的事情出現了。因為政局的變遷，她的家人由本來政府要員的身分，一下子變成了政治犯被扣押起來，家裡的一切都被充公了。而她家人帶著她逃跑，消失了。

直到某日，我從大學下課，她突然出現了。

「小章。」她叫住我，把我拉到一邊去。

「小芳，你去哪了？你怎麼了？你沒事吧？」我打量了她全身，生怕她有甚麼受傷。

「我家裡出了點狀況，我現在必須跟家人離開。」她焦急地說。

「那你要去哪裡？有甚麼我可以幫你的嗎？」我連忙問她。

「這確實是有的，但可能有點自私。」她低下頭說。

「不會，只要能幫你，我甚麼都能做。」我抓著她雙手，堅定地說。

突然，她往我嘴上吻下來了。

「我……只是想讓你等我。」在一下的輕吻後，她這樣說。

我看著她甚麼都沒有說。

「可以嗎？」她這樣問。

「嗯……」還在驚惶失措狀態下的我只是這樣回應了。

「那回頭見。」她笑著，然後轉身就跑走。

如果我知道那是我們最後一次見面，我絕對不會讓她就這樣走，我也不會甚麼都還沒說就讓她走。

過去了幾年，我依然沒有她的消息，但我相信她是會回來的。可是一年又一年的過去，依然沒有找到半點關於她及她家人的消息。她在我腦中的記憶開始消散，我開始想不起她的臉。只是我知道我還是很愛她，我無時無刻都很想她。

當其他人都說時間會讓你沖淡一切的時候，時間卻讓我對她的思念變得越來越深。我開始常常喝酒，我希望如果我醉了，就算是幻覺也好，我也想見見她。可是沒有，我一次都沒有見到她。我是一名醫生，卻沒法醫治到自己想念她的心情。

直到有一天，我爸再沒法忍受我老是借酒消愁，他終於告訴我他一早就知道的事。但那突如其來的真相，卻不是甚麼好的消息。那天，我爸把他多年來不願告訴我的事實說出來：她當年跟著家人逃到國外時就死了。因為國家是不會容許一個知道國家那麼多機密的人活著離開國家，包括家人。她和她的家人當晚逃亡時乘坐的飛機，就在當晚消失了，連新聞消息都封鎖了，整架飛機中的人都消失了。這就是他們的下場，這就是她的下場，連存在過的紀錄都沒有。我爸是當時幫我從他的軍人朋友口中打聽過後得知，想著我們也做不了甚麼，就乾脆不告訴我，就沒想到我會一直念念不忘。

那個晚上我想了很多，我在想為甚麼沒有權力的人下場會這樣？為甚麼人能這樣輕易就被殺？如果不是我，世上還有人記得她嗎？她一家人的消失已沒有人會在意，因為當年的政府跟現在大不同，我甚麼都不能為她做。我答應過等她，可是如今的我到底在等甚麼？

一個月後，我辭掉了醫生的工作。因為我沒能力去救別人，我也不想救別人。我也受傷了，可是沒有人來救我。她也受傷了，可我也沒能救她。我如此脆弱無能，又憑甚麼以救人的名義活下去。我現在唯一想做的事情就是賺多點錢，有錢的人就能有權力，那就不用在底下被欺負，不會哪天消失了也沒人知曉、沒人關心。

就是這樣我轉了工作，一步一步走上了今天的位置。

說不上是甚麼高級偉大的工作，可是現在至少我很有錢，也不用看別人眼色，活得很有尊嚴。我就想這樣過完我的餘生，可是我遠遠沒有想到，在十年前，我會遇上她。

「小芳？」我看著眼前新入職的那女孩。

原本在我腦中已經模糊了的臉頰，在我看到那女孩的一刻又變得鮮明起來。

「老闆？」她有點訝異地回應我。

我才清醒過來，這怎麼可能呢，要是她還活著應該跟我一樣已經五十多歲了。

可是我卻沒法把視線從這女孩身上移開，而她也察覺到我。只是我沒想到她既沒有回避，反而繼續向我靠過來。沒多久她就懷了我的孩子，我問她想要一筆錢打掉孩子還是怎樣？她居然說要結婚。我沒所謂，就答應她，就這樣跟她在一起了十年。

「說說看你要賣甚麼？」我向那個年輕人問道。
「夢。」而他就這樣自信地說。
「夢？甚麼夢？」聽到這個答覆，我有點震驚。
他們到處打聽投資者，卻沒有說過真實的販賣內容，只說是能滿足一切願望的程式。別人聽著都以為他們是有病，不然就覺得他們是在賣毒品。
「你那未完的夢。」他緊著說。
「哈哈哈哈——」我聽到他那麼有自信的說出這句話，忍不住大聲笑了起來。
「你看我像是有沒完的夢嗎？」我問他。
「人是貪婪的，就算擁有一切還是會想擁有更多。」這孩子看起來應該有三十歲，可是我在這個商場上見過那麼多人，他這股氣勢也不簡單。
「說說看。」就給點機會年輕人，看看他能說甚麼。
「我們的程式很簡單，就是讓人作一個美夢。」
「就做個夢？」
「是的。」
「那為甚麼需要找你，我現在去睡也能做夢。」

「我們的夢不一樣。」

「還不是睡醒就完，能有甚麼不同？」

「我們的夢境，會像真實一樣，而且我們能自己選擇。」

「這甚麼意思？」

「如果你在現實中有不能做到的，例如擁有更大的名聲、受更多人仰慕、得到現實中沒有擁有的、把錯過的事重做一次、再見一些已逝去的人……」

「再見一些已逝去的人」，聽到這句，我才對他產生到興趣。

而顯然他察覺到我在這一刻有所動搖。

「雖然這只是夢，但這是一個能給人心靈帶來慰藉的程式。就像人聽音樂時會覺得放鬆一樣。我的目標是把這個程式發展成能普及大眾的娛樂。」

「你這樣說得好像真的能普及化一樣。」

「會的。」

「可是這種事，真的能靠一個程式做到嗎？」

「能的，我們的團隊已經做到了。」

「能試用嗎？」

「可以，今晚十二時，程式會準時出現在你的手機。」

「就這樣？」

「沒錯，那我等你明天聯絡我。」

也不等我回覆，他居然就站起來動身走。

「對了，不要賣今天的記憶，怕你忘了我。」

他就這樣離開了，奇怪的孩子，說是程式，也不用幫我下載嗎？

我一邊在想他說的程式是不是真，卻一邊希望能是真。

隨著時間的過去，我已經把小芳的臉記得越來越模糊，開始想不起她的臉。我時常想，要是能在夢中看到她就好了，可是卻一次也沒有見到她，是因為她不想見我嗎？

晚上我躺在床上一直未睡，就盯著手機看看今天那小子有沒有騙我。

「你看了很久，在看甚麼呢？」旁邊的妻子問我。

「沒甚麼，就看看。」我敷衍了她一句。

「別太晚睡，身體不好。」然後就轉過身睡了。

我等了很久，就在電話中的時鐘跳至「00：00」那一刻。

「叮叮——」提示的訊息出現了。

我立開解鎖看看。

訊息是寫著「下載完成」，然後我就看到那個程式出現了「美夢販賣機」，那小子沒騙我，真的出現了這個程式。

我點擊進入了程式，大致上的設計跟他今天給我看的圖片也一樣。那就按著它說那樣操作，十分簡單。

「請確認你的訂單
選購的夢境類型：與初戀戀愛
販賣的記憶日期：2015年2月6日00時00分00秒
＊請於按下確認後盡快入睡，
如未能於二十四小時內入睡，
當天將不會出現美夢，而已販賣的記憶將不獲退回。」

這個選項是他為我而設嗎？應該不是吧，我也沒告訴他我的事。

因為他說不能賣今天的記憶，我特意選了昨天。不會太久遠，才知道是不是真的會忘記。

就這樣填好了，想要的夢和想賣的記憶，放下電話，我就睡了。

「我被困住了，被困在名為現實的殘酷夢境中。」

LAST CHAPTER

最終章

現實

「嗶嗚～嗶嗚～嗶嗚～嗶嗚～」不斷的警車聲響。

「噠——calling——」斷斷續續的對講機聲。

「再有發現懷疑是死者的肢部——」來自對講機另一頭的聲音。

一個又一個的警察拉起封鎖線，漸漸聚集了的人群，還有來自不同報社的記者紛紛湧上。

這裡是白星沙灘附近民居的位置，一輛又一輛的警車、救護車、不同電視台的車輛滿滿地停泊在附近。

「發生甚麼事了嗎？」一個路過湊熱鬧的大嬸這樣問旁邊的大叔。

「前幾天不是有新聞說有個男人把自己老婆肢解後到處棄屍，好像又發現身體其他部分了。」看熱鬧的大叔一副知道一切的樣子回答。

「哇！這麼恐怖你還在湊甚麼熱鬧啊？」大嬸臉上露出驚恐的表情。

「怕甚麼啊？人又不是我殺的。冤有頭債有主！」大叔沒再理會大嬸繼續四處張望。

「嘖嘖嘖，真可憐。」大嬸略帶嫌棄的說著轉身離開。

「哎呀，不好意思。」就在大嬸轉身的一瞬間與眼前一個男子迎臉相撞。

男子沒有因為被撞到而作出任何反應，雙眼只是一直緊緊盯著前方。

「真沒禮貌，撞到人都不道歉。」大嬸邊說邊離開了。

「哎，你猜到底是多恨自己太太才要肢解成這個樣子呢？」大叔似是在跟男子搭訕般一直自言自語。

「該不會是這個女的紅杏出牆吧？也像了，一般來說男子有這樣大的憤恨都是這個原因。你覺得呢？」大叔看一看身旁的男子。

「啊……是你認識的人？不好意思啊……」大叔看著旁邊的男子。

男子手握拳頭皺著眉頭，任誰都能看出這是憤怒的表情，可是偏偏淚水卻一直從他的眼睛流下來。下一秒男子就掉頭離開了。

昨天我才知道他們研發了能讓使用者復原記憶的功能，可是他們卻一直沒有告訴我。Robert 說復原記憶有很大的風險，他需要找人實驗。我知道他是在給我選擇，我不做的話，他就會直接在那些使用者身上試行。就像那個男孩一樣，雖然結果算是成功，但當時根本就不知道是否可行，他們就瞞著我做。既然一開始創造美夢販賣機的人是我，我就應該負上責任，我來做吧，大不了我會精神失常而已。

其次是我覺得這兩人我都不能再相信，因為他們都不相信我了。Robert 可以說是從一開始就不信任我吧。我們的關係從來都是合作夥伴，我們不是朋友，只是互相利用、各取所需。他需要美夢販賣機，他比其他人都沉醉在這程式，所以他在一直改良。至於 Vivian，我也不知道我們為何會走到這個地步，是在美夢販賣機能運作開始不久嗎？我某天起來就覺得是不是有甚麼不同了？我們之間的關係好像多了一份隔膜，她對我的態度變得冷淡高傲，我就知道我們回不去了。儘管如此，她在我心中的地位從來沒有改變。

所以我一口答應由我來做那個試驗品，我是創造美夢販賣機的人，我來讓它變得更好，我來當那隻白老鼠。只是我從來沒想過，在那個晚上，我得了一份那麼可怕的記憶，恍如惡夢一般的記憶。

滿地的鮮血，從鏡子中映射出滿身鮮血的男人在笑著……

這份記憶的主人，他殺了人後，用程式忘記一切……

這種場面我不是第一次看見，只是這份記憶不是屬於我的，那麼鮮明，那麼血腥，那麼可怕……

「啊……」滿頭大汗的我嚇得整個人彈起來了。

「怎麼了？還好嗎？」一張開眼睛看到身旁的 Vivian。

我喘著氣在顫抖……

「果然是太難接受嗎？」Robert 冷靜地問。

隔了一會，我才開口說話。

「這確實是用家的真實記憶嗎？」我稍為緩過氣來問。

「當然是的，怎麼了，看到甚麼嗎？」Robert 依然冷靜地著。

「這傢伙殺了人，殺了自己的太太。」我肯定地說。

大家都沒有出聲。

「你是不是記憶錯亂了？」Vivian 問。

我知道她想表達甚麼。

「這是兇手殺人的過程和記憶。」我盯著她說。

「我去確認一下。」

我就完就衝了出去，只要我去記憶中那男人棄屍的地方就知道了。

還在實驗室的兩人卻還在討論中。

「其實我們查一下就知道了。」Robert 開始上網查有關記憶當日的新聞。

「看來是真的呢，資料跟新聞也吻合。」他那樣說。

按我所獲得的記憶中，我走到了那個殺妻男子棄屍的地方，那裡已被封鎖調查。

居然有人會這樣利用美夢販賣機，它被完全錯誤使用，是我錯了嗎？還是這程式一開始就失敗了？

我離開了現場，忍住情緒，拼湊著最後一點的理智走進研究室。

「我們失敗了！」

「怎麼了？」

「你知道的，那個人殺了人！」

「我們知道，但是我們也不能做甚麼。」

「我們擁有他的記憶！」

「不能公開！我們在做的事不能讓別人知道！」

「他殺了人啊！我們不把真相公開的話，我們不就成為了共犯啊？」

「不能公開！要是公開了，美夢販賣機就完了，我們一直以來所有的努力都會白費！」

「從甚麼時候開始變成這樣的？一開始我們製造美夢販賣機的宗旨不是這樣的！從甚麼時候開始我們變成了一個不能讓人知道、不見得光的程式？」

「那只是因為美夢販賣機還沒成熟，所有實驗成果都是要靠一次次失敗的經驗累積，待時機成熟了才可以公諸於世，才能走到最初我們想要的結果！」

「真的是這樣嗎？不是這樣吧！這是我們想要的結果嗎？」

「不是，現在只是還未到我們想要的結果的那天！」

「一年多了！從第一個男孩失敗的時候開始，就預料著我們的失敗。」

「在一開始沒預計會出現的失敗是你的不足，不要現在把自己的過失發洩在我們身上。」

一直都沒有介入我與 Vivian 間對話的 Robert 終於說話。

「我們就應該正視美夢販賣機會帶來的負面後果！是我太過執著實現夢想，我太過自私，才漠視了這些，堅持推出它。」

「我要去警察局報案。」

「知道這些記憶的人只有你，你應該很清楚結果吧。」Robert 冷靜地說。

「那就告訴他們關於美夢販賣機的一切！」

「你是真的覺得可行？」他嘲弄我般問。

是的，我也很清楚這根本沒用。這只是一份記憶，也不是影片，根本不應作為證據，就算這份記憶能放到每一個人身上也不會有任何改變。難道要讓每個警察、律師、法官都得到這份記憶一次嗎？那是不可能的，可是我可以怎樣，我一手創造出來的程式、這個夢幻給人美好夢境的美夢販賣機，居然被人用在這種地方，跟我一開始創作它的原意完全相反了。

我該怎麼辦？

對了，既然我沒法把它修正過來，那就由我來親手把它摧毀吧！就這樣吧，我來肩負起催毀它的責任吧！

「這是我們的錯！就由我們來負上責任！」我一邊說，一邊走到研究室的中央系統。

「這不是我們的錯！你想幹嘛？」Vivian 上前想阻止我。

「我不能接受美夢販賣機繼續存在，既然一切都是由我引起，就由我親手把它毀掉！」

「我要把美夢販賣機毀滅，把所有記憶還給每一個人。」

我開始操控著程式的中樞系統，想要一次過把所有消除。

突然頭上出現一陣疼痛感，我開始耳鳴。

「它不是只屬於你的東西！它是屬於大家的心血！」伴隨著耳鳴，我聽到 Vivian 最後一句對我說的話。

在我倒下的瞬間，我看到 Vivian 的眼淚，像看到人生跑馬燈那樣，我想起她曾經這樣告訴過我。

「你就盡情笑吧，我會代替你流下所有淚水。」

「呼——」失去意識的我伏下了。

「Robert，你不是說要試一試一次過把全部記憶放到腦中才知道效果嗎？」

「試試吧，不管結果如何，讓我來負責吧。」

那個手上沾著血、流著淚的女人這樣說。

「要是人們一次過接收曾經的記憶會怎樣？」

「我想是像發了一場惡夢吧？」

「惡夢？」

「因為他們都是選擇不想要的記憶賣掉吧？」

「一下子又回來的話，不就成了一場惡夢嗎？」

這是在他瞞著我使用程式之後的那天，我這樣問他。

在療養院的病房中，Robert 進來探望他。

那天他突然像很清醒的走進研究所想要刪除美夢販賣機，然後一個人在自語自語，可是一見到 Robert 又突然倒下。

「他突然清醒是不是能康復了？」

「可能只是記憶整頓了一下。」

「嗯，畢竟這兩年來他仍然跟我們系統連接著。」

「也對，看來他是永遠也不會明白。」

「他並不清楚自己在做甚麼吧。」

「他很多時候是連自己說甚麼也不知。」

「你還要繼續照顧他嗎？」

「嗯，當初是我傷害了他，現在我來對他負責任。」

「真的是你傷害了他嗎？」

「算是的。」

「那他可能會恨你。」

「沒關係，他每天都認不出我來，我每天都有一個新的身分。」

「這樣真的好嗎？」

在我把他打量的那日，我向 Robert 要求一次過把大量用家的記憶放到他身上。

「你確定要這樣做嗎？」

「嗯，這是最好的選擇。」

「很大機會他的精神會承受不到，從此無法復原。」

「嗯，我知道，但我覺得這比他記起來要好。」

「甚麼意思？」

「沒甚麼。」

在置入的時候，Robert 首次發現他在美夢販賣機初期就使用過它。Robert 不知道他販賣的記憶內容是甚麼，但他大概猜出來了。

花盡了一輩子心血非得要製作一個能讓人忘記過去，換取夢境的程式，也不是為了賺錢，難道是真的如此大愛，想給世人消除煩惱嗎？

直到那刻，Robert 終於理解這個合作已久的夥伴，所以才會這樣問我。

「你是從甚麼時候開始發現的？」
「從他說要製作這個程式開始。」
「他能瞞過我，怎麼瞞不過你呢？」
「因為我才是世界上最了解他的人。」
「也對，只能說我從一開始就被他騙了。」
「也不算吧，你也有從這裡得到你想要的慰籍，不是嗎？」

「我們以後還會再見嗎？」
「我會一直在這裡照顧他到死去。」
「我不會說出去的。」
「我不怕你說出去。」
「這麼信任我嗎？」
「因為我們是共犯。」
「哈哈，被你們擺了一道，好吧。再見。」
這是我最後一次跟 Robert 對話。

我是從甚麼時候發現呢？或許我在更早之前就發現了吧？
是從他離開後，又突然回來說要跟我開始？
是從那個面對雙親慘死的他，卻在我面前笑著的時候開始？
是從他說睡眠是最多餘，令我知道他其實不喜歡做夢開始？
是從我跟他住在一起後，我發現他每天都做噩夢開始？
還是那天晚上他使用了美夢販賣機，沒有跟我說那天開始？
我也不確定了。
只是從一開始他告訴我要製作美夢販賣機開始，我就知道有一日他會做那件事，他製造它的真正原因。
由始至終他都想把那一天的真相忘記。
而我從一開始就知道，卻甘願成為你的共犯。
那麼，這就是你想要的幸福結局嗎？
「如果這就是你所願的，那就忘記一切吧。」

看著白色的天花，我在哪裡？我是誰？
睡了，又睡了，夢一個一個都做了。
我的夢全都真實，卻全都不屬於我。
我是誰？你是誰？他是誰？
為何我在這裡？
我在這些不知是誰的記憶中輪迴，我分不清哪一刻是真實。
有時候我好像清醒，有時候我好像還在夢中。
甚麼才是真的？
甚麼才是假的？
很痛，這是誰的記憶？
很悲傷，這是誰的悲傷？
哈哈哈哈，這是誰的快樂？
誰來停止這一切？
誰來帶我走出這個出口？
我想停止這一切。
我想找到這裡的出口。

為甚麼我要經歷這一切？
我好像被困住了，我要如何才能走出這個出口呢？

某一天我好像清醒了一段很短暫的時間，
我想起自己在哪，想起自己該做甚麼，
我回到最初的地方，
我看見眼前很熟悉的女孩，我顫抖著問她。

「小安，我們一起去玩好嗎？」
「嗯，你想玩甚麼？」
「我們一起做夢好嗎？」
「好。」
「做我們一起幸福快樂的夢，好嗎？」
「好。」

可是轉眼我又回到了只能看著天花的地方。

那是一個很普通的下午，天氣很好，藍天白雲，抬頭看天空的話，覺得世界上的所有煩囂都與自己無關。年輕的少婦一邊哼著歌，一邊把剛洗好的衣服從洗衣機取出，準備趁這美好的日光把衣服晾曬。

拿起衣架一件一件的掛起來。

第一件是兒子上學穿的運動裝。

「他最近好像又長高了，褲子開始有點短了。」

第二件是丈夫上班穿的西褲。

「好像有點舊了，是不是該給他買一套新的西裝呢？可是好貴喔。」

第三件是自己的圍裙。

「誰把這個放在一起洗了，會弄髒其他衣服的。」

心裡想著很多的念頭，卻始終哼著輕快的歌把衣服一件一件掛起。

突然，傳來用鎖匙開門的聲音，她放下正在晾曬的衣服。

「這麼早，誰啊？」

她朝門口的方向問，卻沒有回應。於是她往大門走過去，下一秒她看見爛醉如泥的丈夫步入屋裡。

「怎麼喝得這麼醉，發生甚麼事了嗎？」她震驚地問道。

「不是說呼吸不了嗎？那為甚麼還能活著，你怎麼還活著啊？」丈夫猛烈搖晃她的妻子說。

「怎麼了？你又發甚麼神經？喝那麼醉在發醉瘋！」

她捽開男人雙手。

他一掌朝妻子的臉上打過去，接著就對她拳打腳踢。

直至女人昏倒在地上，男人才停下來。

男人去雪櫃拿出一罐冰涼的啤酒喝。

少年放學後回到家，看到醉倒在床邊的男人，和昏倒在地上的女人。

那是一個很普通的下午，天氣很好，藍天白雲。

少年沒說一句話，只把窗簾的繩拉下來。

男人痛苦地掙扎著，直至呼吸停止那刻。

少年把昏倒在地上受傷的女人放回床上。

少年看著她，心想，活著這麼辛苦是為了甚麼？

那是一個很普通的下午，但抬頭看天空的話，會覺得世界上的所有煩囂都與自己無關。

少年拿著一把菜刀，一刀又一刀的往那女人身上刺下去，卻沒發出一句聲音。一刀又一刀的刺，甚至刀子也彎曲了也沒讓他停下來。床上的女人早就斷氣，由溫暖的人變成冷冰冰的屍體。最後一刀，是硬生生的把彎曲了的刀插到女人的脖子上，像是賣豬肉的人在切完豬肉後要把刀插在針板上似的。

少年收拾房間，把該弄走的弄走、該存在的存在，說了一句：「辛苦你們了，做個美夢吧。」然後回到少女身邊。

「你怎麼又回來了？還換了衣服呢。」

「小安，我們一起去玩好嗎？」

「嗯，你想玩甚麼？」

「我們一起做夢好嗎？」

「好。」

「做一起幸福快樂的夢？」

「好。」

每個晚上，少年都會發同一個惡夢，夢裡他在幸福快樂的家庭，父母愛著對方，是個幸福美滿的故事，可是到最後那對父母都會慘死在他眼前。

看著冷冰冰的雙親，少年雙手染滿鮮血，少年在想，這到底是誰的錯？

在某天兩名警員巡例的調查後。

「真的就這樣結案嗎？」

「是的。」

「可是那男人的屍體有點可疑，不像自殺。」

「那是因為他醉了。而且他太太身上都有被他毆打過的痕跡。基本上可以肯定是殺了太太後再自殺。」

「可是他的兒子也很可疑，至今一句話也沒說過。」

「你看看你死了父母是怎樣？」

「雖然是，可是我看不出他悲傷。」

「那是傷心過度了！」

「而且那女孩也說了，在推斷的死亡時間中，她一直跟那男孩一起。」

「那也是，不可能一個中學生把父母殺死了，還能偽造現場，無甚麼可疑，就這樣吧。」

現實

「為何醒來發現，現實更像惡夢。」

Case 0

美夢

「你怎麼又回來了？還換了衣服呢。」

「妳等下要去綵排嗎？」

「是啊，剛剛不是告訴你了嗎？」

「那妳綵排前我們都在一起吧。」

「好啊。」

「那小安，我們一起去玩好嗎？」

「嗯，你想玩甚麼？」

「我們一起做夢好嗎？」

「好。」

「做一起幸福快樂的夢？」

「好。」

她是我從小就愛著的女孩，可是我卻利用了她。

那時候我中五，思想其實挺早熟的，我不是不聰明，也不是不會唸書，就只是覺得沒必要事事都那麼用心而已。

我媽從小就喜歡跟我說，她的夢想是我科科拿一百分，我想誰的媽媽都一樣，總會這樣跟孩子說，其實心底裡只要孩子能平安健康的成長就夠。

我爸就是個怪人，一時清醒，一時迷糊，但媽媽總會說他是為了賺錢養家，所以才那麼大壓力。

我爸跟我媽很年輕就在一起，也很早就生下我了，他們兩邊的家人也不看好他們。大家都說他們是未婚懷孕，逼著結的婚，所以總在背後指指點點。

一開始這兩人是相戀而一起努力生活，可是艱辛的日子是會令人疲勞，是會把人的愛、意志消磨掉。在每日都疲於奔走的日子，無數個難捱的晚上，他們也變得不一樣，開始不時會抱怨對方，漸漸地本來的愛就減退了。

曾經他們會說甜言密語、會體恤對方，現在對方的一舉手一投足都顯得礙眼。由無話不談變成無話可說，變得看對方一眼都覺得嫌惡，是甚麼逼使兩人走到這裡。

「我快要呼吸不了！」

「那你想我怎樣？我已經很努力了不是嗎？我每天都這麼拼命是為了誰啊？」

「我需要的不是這種努力！就算你不這麼拼命也沒關係！」

「那你需要甚麼？你說你想要有個溫暖的家，我不是每天都在為這個家奮鬥嗎？你還想我怎麼樣？」

「你根本就不懂！」

「我不懂！那你說啊！你說了我說懂啊！」

「我說過了你就是不懂，你根本沒有花過心思想要了解我！」

「就是把所有心思都放你身上才會活得這麼累！」
「那就以後不要放了！」

他們又在吵架了，一般都不說話的兩人，只要一對話就會吵架。
我躲在房間中聽著一切，卻沒有介入過他們。

我幻想著他們有一方會先開口，我幻想著他們有一方會先示弱。
可是沒有。

每個夜晚都有哭聲，不是那種放聲大哭，是只有自己能聽到的啜泣聲。
就像是怕著甚麼似的，獨個兒躲起來哭。

我想他們應該很累，我也覺得好累。
無能為力的旁觀者，變成了加害者一樣的存在。

那日，是媽媽的生日，有人記得嗎？

「你今天早點回家跟她慶祝嗎？」

「是啊，所以先回去了。」

我跟小安道別後便回家。

我一打開房門，還未來得及說「媽媽生日快樂」，就看見她遍體鱗傷躺在地上，旁邊有個醉漢，是我爸爸。

看著這情況，誰也想得到發生甚麼事情了吧？

我跑去我媽身旁，她還活著。

我拿起電話本來要報警……

可是，那刻我突然有一個想法：

為甚麼這兩人要一直活得那麼苦。

「不可能有一個地方能讓每個人都幸福快樂，如果真的有，那個地方叫做極樂世界。」我想起那一次媽媽跟我這樣說了。

那你們想去那個世界嗎？我很想你們都幸福快樂。

我這樣想著想著，回過神來時，我想他們已經到達了。

我收拾好家裡，換了衣服外出。

臨出門時，我跟爸爸媽媽道別了。

「辛苦你們了，做個美夢吧。」

我去找那一個我喜歡她，也肯定她喜歡我的女孩。

我跟她待在一起沒有很久，大概只有十五分鐘。

可是那就足夠了，能見她一會就夠了。

後來我把她送去綵排，再回到家裡。

我又再收拾了一下，最後還是撥通了那則電話。

誰都沒有懷疑，因為誰都不會懷疑。

那天之後，我有一段日子沒有回家、也沒有上學，被安排了甚麼社工心理輔導。

其實那麼久以來我一句話也沒跟那些社工說，因為我沒有想跟他們說的話。

直至一個月後，他們才得出讓我繼續上學，重回日常生活可能會有助康復的結論，也不知是誰讓他們得出我生病了的想法。

久違的上學，有種親切感，而在下一秒她就出現在我眼前。她似乎真的很擔心我，問我去哪了，也不想說我被帶到了那些地方被當成心靈受到重創的人，就隨便說了兩句整理家裡的東西就算了。

或許她真的太過擔心我，又太過害怕？

她居然就開始哭起來，在學校大聲的哭，哭得我也不知該怎麼辦好了。

可是我知道如果沒有她，我或許就不能回來這裡。

再後來，我被安排在社福機構的宿舍住。因為還沒成年，加上沒有想要照顧我的親人，所以就被這樣安排。其實我回家也沒關係的，我不怕。只是就是有些人喜歡多管閒事，覺得這樣才是為我好，逼著我到外面，那我也就默默接受了。

一年後我就成年了，接收了一大筆保險金，開始在外面生活。

我時常都會想，除了極樂世界，真的沒有一個能讓人忘記煩惱痛苦，只有快樂的世界嗎？做夢也不能嗎？做夢應該可以吧？

我開始去研究關於人的夢境、人的記憶，一堆又一堆的研究。最後我決定由我去創造這個可以幫助人忘記痛苦回憶，一個只有幸福快樂的世界吧。

而她就是來陪伴我的人，她中學畢業後就不顧家人反對跟我一起搬到外面住。不管我想做甚麼、想要甚麼，她都會在我身邊協助我、支持我。就是這樣陪伴我到程式的誕生。一開始這個程式只是一個無稽之談，沒有她幫我找到 Robert 這最佳人選，我們最後也不會成功。

而我已經等了這一天很久。

「請確認你的訂單
選購的夢境類型：美滿人生
販賣的記憶日期：2007年5月9日12時00分00秒
*請於按下確認後盡快入睡，
如未能於二十四小時內入睡，
當天將不會出現美夢，而已販賣的記憶將不獲退回。」

後記

終於完結了「美夢販夢機」的故事，看到最後不知大家有沒有發現一件事，就是我們始終也不知道主角是誰，筆者終究沒有為他寫下一個名字。因為故事的結局是從一開始就決定了，他最終會被自己一手創造的美夢販夢機毀掉，最終他會甚麼都忘記。要是一個人忘記了所有，就是從自己的名字忘掉開始。所以他才會由始至終都沒有名字，記憶、故事，一切都是零碎。

他創造了一個程式，他就使用過一次，而那次之後他也改變了，因為他相信了自己做出來的謊言，他變成了只是想帶給別人希望的人，他相信了自己改寫的記憶，重新活著，真的相信了自己創造這程式的原因只是為了給別人帶來快樂。可是大概沒想到最後會被自己創造的世界摧毀吧。他創造了一個夢幻的世界，卻沒有走向美滿的國度，不知道做錯了的人是不是他，可是最後承受這悲劇的人仍是他。

而由始至終 Vivian 都在守護著主角，即使被主角誤會也選擇了這路。那個被欺凌的小女孩這樣說過，帶著喜歡的人去走正確的路吧。對於 Vivian 來說，這或許就是最正確的路。默默地知道一切，默默地裝著甚麼都不知道，也默默地守候，甘願成為那一個被誤會一輩子的共犯。只是她不知道自己的選擇也把深愛的人推上另一條不歸路，她不知道主角被困在無限的記憶輪迴，那些記憶都不是他的，卻要每天都承受不同的痛，或許這是他的報應？或許她是知道，只是多年來的沉默拼搏，使她累了，就這樣吧，只要你安分的待在身邊就夠了。

在寫《美夢販夢機》第二集時，筆者比第一集花了更多、更大的力氣，因為在第一集時留了太多伏線給角色，想要一一扣回也花了不少時間去整理。特別是在每一則故事的人物互相穿插和時序上的編排也思考了很久。有幾則故事的時序不是順著寫，或者說是前後換轉，所以如果想分清角色、時序、經過，必須花更多的耐性，特別是有些人物是跟前一集有關聯。

記得在第一集出版後有讀者這樣問筆者：「為甚麼每一個人最後都是不好的結局呢？」關於這點筆者想說的是，他們的結局是真的不好嗎？還是只有作為觀眾的我們覺得不好呢？在第一集中的每一個人，他們都能自己選擇要不要繼續使用程式，在他們的角度來看，那真的是不好的結局嗎？這只有角色本人知道，他們想要的是甚麼呢？對於他們來說，是否現實才更殘酷呢？雖然筆者並不認為他們的結局是美滿的大結局，但應該也說不上是 bad ending 吧。

或許這點就像筆者很喜歡看歷史一樣，在歷史上每每描寫著哪些人大奸大惡、哪些人豐功偉績，只是他真實是一個怎樣的人，他的心情，他在做每件事的思考過程，這些我們沒法在歷史書上真正的看到。而我們也沒法百分百去判斷這些人，所有真實的感受、真實發生在他們身上的事，他們每一個瞬間、想法的改變，都只有他們自己知道，我們也沒法完全去理解這些人。或許我們沒辦法理解角色當下的想法，或許我們覺得角色那一刻的做法是錯誤，可是對角色本身來說，那就是最好的結局。

如果說在我們看起來是走了 happy ending 的，似乎就只有那個唯一自行把程式刪掉的女孩。筆者想說的其實是當你發現到自己擁有比渴望的東西更珍貴的東西時，那你就不會一味盲目追求不真實的。這個女孩從一開始就跟別人不一樣，其實她是很想像其他人一樣，可是她最後發現了自己已擁有比這更重要的東西，她才放棄了程式。同樣地，其他人也有很多不一樣的路可以選擇，只是他們的選擇不一樣，所以結局就不一樣了。

總結兩集《美夢販夢機》，筆者會這樣說吧，第一集寫的是程式，第二集寫的是故事。一開始筆者就是想用一個神秘的程式寫不同人的人性小故事，現在似乎是寫了一個前傳似的。可是這個前傳卻是整個美夢販夢機的中心，因為從一開始的所有都是從那裡演變出來。沒有主角的經歷、沒有他曾經做過的事，也沒有後來美夢販賣機的誕生，更沒有往後每一個人的相遇、他們的每一個故事。就像 Robert 所說的，每一個記憶都有著千絲萬縷的關係。每一個平凡基因，他們相遇，最後形成了每一段不平凡的故事。

最後當然是萬分感謝各位支持《美夢販夢機》的讀者朋友們，從一開始這個故事只是在 Instagram 的網絡短篇故事連載，筆者也是那些萬年更新的人，所以那時也沒有想過有天它會變成這麼長篇的故事，最終還能出版成一本實體小說，回想起來就真的像是一場夢。

筆者作為一個寫作新手有很多不足的地方，但很感激你們還願意支持，當然還有出版社當初相信了筆者，還有一直以來的幫忙。謝謝你們每一位給了筆者一個美夢，一個把創作變成實體書本的機會，一個從來沒想過會有的夢想成真的機會。

雖然美夢販賣機的故事大概會在這裡告一段落，可是現在才是起點，接下來筆者希望能創作更多不同類型的故事，也希望大家還會繼續多多支持，謝謝你們。

美夢販賣機 II

The Dreams Vending Machine

作者 S.U.
編輯／校對 小雨
封面／內文設計 Vincent
出版 孤泣工作室
地址 新界荃灣灰窰角街6號DAN6 20樓A室
發行 一代匯集
地址 九龍旺角塘尾道64號龍駒企業大廈10樓B&D室
承印 美雅印刷製本有限公司
地址 九龍觀塘榮業街6號海濱工業大廈4樓A室
出版日期 2020年7月
ISBN 978-988-79940-0-8
定價 港幣$88

S.U. 作品 collection 02

孤出版
facebook | 孤出版
instagram | lwoavie.ph